MIKHAÏL BOULGAKOV

Les Œufs fatidiques, Diablerie

et autres récits

L'ÂGE D'HOMME

Paru dans Le Livre de Poche :

LE MAITRE ET MARGUERITE.

LA GARDE BLANCHE.

J'AI TUÉ.

Les Œufs fatidiques

traduit par François Cornillot et Alain Prechac

I

PROFESSEUR PERSIKOV[1]

On était le 16 avril 1928, au soir. Le professeur Persikov, qui enseignait la zoologie à la IVe Université d'État et dirigeait l'Institut de zoologie de Moscou, entra dans son cabinet, situé dans l'Institut même, c'est-à-dire rue Herzen. Le professeur alluma le globe en verre dépoli suspendu au plafond et regarda autour de lui...

C'est bien à ce soir funeste qu'il faut faire remonter le début de l'épouvantable catastrophe qui suivit, tout comme il convient de voir dans le professeur Vladimir Ipatiévitch Persikov la cause première de ladite catastrophe.

Persikov avait exactement cinquante-huit ans. Sa tête, profondément originale, était chauve et en forme de pilon, avec de petites touffes de cheveux jaunâtres qui se hérissaient sur les côtés. Le visage rasé de près et la lèvre inférieure proéminente lui conféraient en permanence une sorte d'air capricieux. On remarquait encore en lui ses petites lunettes démodées à monture d'argent surmontant un nez rouge, ses yeux petits et brillants et sa taille élevée, un peu voûtée. Il parlait d'une voix fluette, grinçante et coassante, et entre autres particularités comptait la sui-

1. M. à m. ; Lapêche : ce nom « sonne » en russe de manière presque aussi comique qu'en français celui du professeur Nimbus.

vante : lorsqu'il lui arrivait de prononcer une phrase sur un ton d'insistance et de conviction, il formait un crochet avec l'index de la main droite et clignait des yeux. Et comme il parlait toujours avec conviction, car son érudition était, dans sa partie, absolument phénoménale, le crochet apparaissait très souvent aux yeux de ses interlocuteurs. Hors de sa partie, qui comprenait la zoologie, l'embryologie, l'anatomie, la botanique et la géographie, le professeur Persikov ne disait presque rien.

Le professeur Persikov ne lisait pas de journaux, n'allait pas au théâtre. Sa femme s'était enfuie en 1913 avec un ténor de l'opéra Zimine en lui laissant le billet suivant : « Tes grenouilles m'inspirent d'insurmontables frissons de répulsion. Elles m'ont rendue malheureuse pour le restant de mes jours. »

Le professeur ne s'était pas remarié et n'avait pas d'enfants. Il se mettait facilement en colère, mais ne gardait pas de rancune, aimait le thé à la confiture de mûres et habitait, rue Prétchistenka[1], un appartement de cinq pièces dont l'une était occupée par une petite vieille toute sèche, l'économe Maria Stépanovna, qui s'occupait du professeur comme une nounou.

On avait en 1919 ôté au professeur trois pièces sur cinq, ce qui l'avait alors conduit à déclarer à Maria Stépanovna :

« S'ils ne cessent pas leurs abominations, Maria Stépanovna, je pars à l'étranger. »

Il ne fait pas de doute que si le professeur avait exécuté ce plan, il aurait très facilement obtenu un poste au département de zoologie de n'importe quelle université du monde, car c'était un savant de tout premier ordre et, dans la sphère qui touchait de près ou de loin aux batraciens, dits aussi amphibiens, il n'avait pas son pareil, à l'exception des professeurs William Wekkle, de Cambridge et

1. Ou rue de la Vierge-Immaculée, actuelle rue Kropotkine.

Giacomo Bartolomeo Beccari, de Rome. Le professeur faisait ses conférences en quatre langues, sans compter le russe, et s'exprimait en français et en allemand comme dans sa langue maternelle.

Les plans de Persikov concernant son départ à l'étranger restèrent lettre morte, mais l'année 1920 fut pire encore que la précédente. Qui plus est, les événements s'y précipitèrent. La Grande rue Saint-Nicétas, débaptisée, devint la rue Herzen, à la suite de quoi l'horloge encastrée dans le mur de la maison qui formait l'angle des rues Herzen et Mokhovaïa s'arrêta à onze heures et quart ; pour finir, n'ayant pu supporter les perturbations de la fameuse année, moururent dans les terrariums de l'Institut de zoologie huit magnifiques exemplaires de rainettes, suivis de quinze crapauds ordinaires et, enfin, d'un exemplaire tout à fait exceptionnel de crapaud de Surinam.

Les crapauds n'avaient pas plus tôt déserté en masse cette première section des amphibiens, fort justement dénommée classe des anoures, qu'émigra vers un monde meilleur le vieux Blaise, gardien inamovible de l'Institut, lequel n'appartenait pas à la catégorie des amphibiens. La cause de sa mort, au reste, fut la même que pour les malheureux batraciens, et Persikov la définit aussitôt d'un mot :

« La malnutrition ! »

Le savant avait parfaitement raison : on nourrissait Blaise avec de la farine et les crapauds avec des vers de farine, et de même que la première était devenue introuvable, de même les seconds avaient eux aussi disparu. Persikov essaya d'effectuer une mutation dans l'alimentation des vingt derniers exemplaires de rainettes en les orientant vers les cafards, mais les cafards eux-mêmes s'étaient mystérieusement évanouis, montrant par là leurs sentiments hostiles au communisme de guerre. On en fut de la sorte réduit à jeter aussi les dernières rescapées dans les fosses d'aisances de la cour de l'Institut.

La plume est impuissante à rendre l'effet que produisirent sur le professeur ces morts successives, en particulier celle du crapaud de Surinam. Il en rendit entièrement responsable le commissaire du peuple à l'Instruction Publique de l'époque[1]. Debout dans le couloir de l'Institut que le froid gagnait, un bonnet fourré sur la tête et des caoutchoucs aux pieds, Persikov s'adressait en ces termes à son assistant Ivanov, gentleman des plus élégants au menton orné d'une barbiche blonde : « Mais c'est qu'il mérite plus que la mort pour une chose pareille, Piotr Stépanovitch ! Mais qu'est-ce qu'il leur arrive, à la fin ? Ils vont tuer l'Institut ! Vous vous rendez compte ? Un mâle admirable, un exemplaire exceptionnel de Pipa Americana long de treize centimètres... »

Tout continua d'empirer. Blaise mort, les fenêtres de l'Institut gelèrent de part en part, au point que des cristaux de givre se déposaient sur la face interne des carreaux. Tous les animaux crevèrent : lapins, renards, loups, poissons. Pas une couleuvre n'en réchappa. Persikov devint silencieux pendant des journées entières, puis attrapa une fluxion de poitrine, mais n'en mourut pas. Lorsqu'il fut rétabli, il se mit à venir à l'Institut deux fois par semaine et, dans la salle ronde où, pour une raison inconnue et quelle que fût la température extérieure, il y avait toujours cinq degrés au-dessous de zéro, il faisait devant huit auditeurs, en caoutchoucs, cache-nez et bonnet à oreillettes, et leur soufflant au nez une vapeur blanche, un cours sur « les reptiles de la zone torride ». Le reste du temps, Persikov restait chez lui, rue Prétchistenka, couché sur un divan, dans une pièce bourrée de livres jusqu'au plafond. Toussant et recouvert d'un plaid, il contemplait la gueule enflammée

1. Anatole Lounatcharski.

d'un fourneau que Maria Stépanovna remplissait de chaises dorées et pensait à son crapaud de Surinam.

Mais tout au monde a une fin. L'année 1920 se termina, puis 1921, et en 1922 commença une sorte de mouvement inverse. Tout d'abord, à la place du défunt Blaise apparut Pancrate, gardien zoologique encore jeune, mais qui donnait les plus grandes espérances. On se mit petit à petit à chauffer l'Institut. Puis, au cours de l'été, Persikov aidé de Pancrate attrapa sur la Kliazma quatorze exemplaires de « crapaud vulgaris ». Dans les terrariums, la vie reprit son effervescence... En 1923, Persikov faisait huit cours par semaine — trois à l'Institut et cinq à l'Université. En 1924, treize, sans compter les facultés ouvrières. En 1925, il se rendit célèbre en collant à la session de printemps soixante-seize étudiants, et tous sur les amphibiens. « Comment, vous ne connaissez pas la différence entre les amphibiens et les reptiles ? Mais c'est tout bonnement risible, jeune homme ! Les amphibiens n'ont pas de glandes pelviennes, pas de reins. Ils-n'en-ont-pas ! C'est comme ça. Rougissez ! Je suppose que vous êtes marxiste ?

— Marxiste, répondait le collé, fondant comme cire.

— Alors, s'il vous plaît, à l'automne », lui disait poliment Persikov et il criait, plein d'entrain, à Pancrate : « Envoyez-moi le suivant ! »

Tout comme les batraciens, après une longue sécheresse, renaissent à la première pluie abondante, le professeur Persikov revint à la vie en 1926, année où une compagnie mixte américano-russe construisit dans le centre de Moscou, à partir de l'angle de la rue Tver et de la rue des Gazettes[1], quinze bâtiments de quinze étages et à la périphérie trois cents cottages pour ouvriers de huit appartements chacun, mettant ainsi fin une fois pour toutes à cette terrible autant que ridicule crise du logement qui

1. Actuelles rues Gorki et Ogariov.

tourmenta tant les Moscovites dans les années 1919-1925.

D'une manière générale, ce fut un été remarquable dans la vie de Persikov, qui parfois se frottait les mains avec un petit rire tranquille et satisfait, se rappelant combien il s'était serré dans ses deux pièces avec Maria Stépanovna. Le professeur, qui les avait récupérées toutes les cinq, reprit ses aises, disposa ses deux milliers et demi de livres, ses animaux empaillés, ses diagrammes, ses préparations et alluma la lampe verte sur la table du cabinet.

L'Institut aussi était devenu méconnaissable : on l'avait repeint couleur crème, on avait installé une adduction d'eau spéciale dans la pièce des amphibiens, remplacé tous les carreaux par des glaces, et le musée avait reçu cinq nouveaux microscopes, des tables à préparations en verre, des globes de 2000 bougies à lumière indirecte, des projecteurs, des armoires. Persikov était revenu à la vie, mais le monde entier n'en eut connaissance qu'en décembre 1926, lorsqu'à la surprise générale sortit la brochure intitulée : « Nouvelle contribution à l'étude de la reproduction chez les oscabrions ou porteurs de plaques, 126 pages, publications de la IVe Université. » À l'automne 1927 parut un travail capital de 350 pages, aussitôt traduit en six langues, dont le japonais : « Embryologie des grenouilles, des pipas et des ambystomes. Prix 3 roubles. Éd. d'État. »

Puis vinrent au cours de l'été 1928 les événements incroyables et épouvantables que nous allons maintenant évoquer.

II

LA SPIRALE COLORÉE

Ainsi donc, le professeur alluma le globe et regarda autour de lui. Il alluma ensuite le projecteur sur la longue table à expérimentations, enfila sa blouse blanche, fit tinter quelques instruments sur la table...

Une fraction importante des trente mille véhicules à traction automobile qui parcouraient Moscou en 1928 dévalaient en cet instant la rue Herzen en faisant chuinter les pavés de bois lisses et, toutes les deux minutes, dans un bruit de tonnerre et de grincements de roues, la descendait en trombe en direction de la Mokhovaïa un tramway des lignes n°s 16, 22, 48 ou 53. Le tramway projetait dans les glaces du cabinet les reflets de feux multicolores, tandis qu'au loin, très haut, près de la coiffe massive et sombre du temple du Christ-Sauveur[1], l'on pouvait apercevoir un pâle et brumeux croissant de lune.

Mais ni celle-ci, ni le grondement du Moscou printanier n'occupaient si peu que ce fût l'attention du professeur Persikov. Assis sur un tabouret réglable à trois pieds, il tournait de ses doigts brunis par le tabac la crémaillère d'un superbe microscope Zeiss où l'on avait introduit une préparation ordinaire, non colorée, d'amibes fraîches. Au moment où Persikov portait le grossissement de 5 à 10 000, la porte s'entrouvrit, une petite barbiche en pointe se

1. Cet énorme édifice, dont la construction dura près d'un demi-siècle, fut édifié au XIXe siècle sur l'emplacement de l'ancien monastère Saint-Alexis, rasé à cette occasion, pour commémorer la libération de 1812. Il fut à son tour détruit en 1932 ; on envisagea d'y construire un palais des Soviets, qui ne fut jamais commencé. De nombreux artistes et hommes de lettres, dont l'écrivain Solooukhine se fit il y a quelques années le porte-parole, protestèrent contre cette mesure barbare. L'emplacement est aujourd'hui occupé par une piscine en plein air.

montra, suivie d'un protège-poitrine en cuir, et l'assistant du professeur lui adressa ainsi la parole :

« Vladimir Ipatiévitch, j'ai mis en place un mésentère. Voudriez-vous y jeter un coup d'œil ? »

Persikov glissa vivement à bas de son tabouret, laissant la crémaillère à mi-course, et, tout en roulant lentement entre ses doigts une cigarette, se dirigea vers le cabinet de son assistant. Là, sur la table en verre, à demi assommée et paralysée par l'épouvante et la douleur, une grenouille était écartelée sur un support en liège. Ses entrailles, transparentes comme du mica, s'étiraient depuis son ventre ensanglanté jusqu'au microscope.

« Très bien », dit Persikov, et il colla son œil à l'oculaire.

Il faut croire qu'un spectacle d'un intérêt puissant était offert par le mésentère de la grenouille dont les vaisseaux sanguins charriaient, si près qu'on croyait les toucher, des fleuves de globules vivants et agiles. Persikov en oublia ses amibes et, pendant une heure et demie, alternant avec Ivanov, colla son œil au verre du microscope. Dans le même temps les deux savants échangeaient des propos animés, mais dont l'intérêt eût échappé à de simples mortels.

Enfin Persikov se détacha du microscope et déclara :

« Le sang se coagule, on ne peut l'en empêcher ».

La grenouille remua pesamment la tête et, dans ses yeux qui s'éteignaient, on pouvait lire clairement : « une bande de s..., voilà tout ce que vous êtes ».

Tout en remuant ses jambes engourdies. Persikov monta l'escalier, rentra dans son cabinet, bâilla, frotta de ses doigts ses paupières perpétuellement enflammées et, accroupi sur son tabouret, jeta un coup d'œil dans le microscope. Il avait passé ses doigts sur la crémaillère et déjà s'apprêtait à la tourner, mais il ne le fit pas. De son œil droit, Persikov voyait un disque d'un blanc un peu trouble et, à l'intérieur de celui-ci, des amibes pâles, troubles elles aussi. Au milieu du disque était plantée une spirale colorée, semblable à une boucle de cheveux de femme. Cette boucle, Persikov ainsi que des centaines de ses élèves l'avaient vue un grand nombre de fois, et personne ne s'y intéressait ; il n'y avait d'ailleurs aucune raison de le faire. Le faisceau coloré de lumière ne faisait que gêner l'expérience et montrait que la préparation n'était pas bien centrée. C'est pourquoi on l'effaçait impitoyablement d'un tour de vis, afin d'éclairer le champ d'une lumière blanche et égale. Les longs doigts du zoologue adhéraient déjà au filetage de la vis lorsque soudain ils tremblèrent et se retirèrent. La cause en était l'œil droit de Persikov, qui soudain s'était mis à l'affût, stupéfait, et même rempli d'inquiétude. Toute la vie, toutes les pensées du célèbre professeur s'étaient concentrées dans son œil droit. Cinq minutes durant, dans un silence de mort, la créature supérieure observa l'inférieure, imposant à son œil une épuisante tension au-dessus de l'image floue de la préparation. Tout autour, c'était le silence. Pancrate s'était déjà endormi dans sa chambre, située dans le vestibule. Une fois seulement au loin résonna, doucement et musicalement, le verre des armoires : c'était Ivanov qui, en partant, avait fermé à clef son cabinet. La porte d'entrée gémit derrière lui. C'est alors seulement qu'on entendit la voix du professeur. À qui il s'adressait, nul n'aurait su le dire : « Qu'est-ce que cela signifie ? Je n'y comprends rien... »

Un camion attardé passa rue Herzen, ébranlant les vieux murs de l'Institut. Une petite soucoupe en verre contenant des pincettes tinta sur la table. Le professeur pâlit et porta les mains sur le microscope, comme le ferait une mère sur son rejeton menacé d'un danger. Il ne pouvait plus maintenant être question que Persikov tournât la vis. Oh non ! Il craignait déjà qu'une force extérieure ne vînt chasser de son champ visuel ce qu'il avait aperçu.

Lorsque le professeur abandonna son microscope et dirigea vers la fenêtre ses jambes engourdies, le matin offrait déjà toute sa blancheur, ornée d'une bande dorée coupant par le travers le perron crème de l'Institut. Il pressa un bouton de ses doigts tremblants et des stores noirs et opaques dérobèrent le matin au cabinet, ressuscitant la nuit inspirée du savant. Le teint jauni, mais plein d'un feu sacré, Persikov écarta les pieds et se mit à parler, ses yeux humides fixés sur le parquet.

« Mais comment est-ce possible ? C'est que c'est monstrueux ! C'est monstrueux, Messieurs », répéta-t-il en s'adressant aux crapauds du terrarium, mais les crapauds dormaient et ne lui répondirent rien.

Il resta un moment silencieux, puis alla vers l'interrupteur, releva le store, éteignit toutes les lumières et regarda dans le microscope. Son visage se tendit et il fronça la broussaille jaunâtre de ses sourcils.

« Mm... ouis, grommela-t-il, il a disparu. Je comprends. Je com-prends, dit-il en faisant traîner les syllabes et en regardant d'un air dément et inspiré le globe éteint au-dessus de sa tête. Ce n'est pas compliqué. »

Il abaissa de nouveau les stores qui sifflèrent et ralluma le globe. Il regarda ce dernier et son visage s'éclaira d'un large sourire joyeux, où perçait une sorte d'avidité.

« Je l'attraperai, dit-il d'un ton grave et solennel, en levant le doigt, oui, je l'attraperai. Peut-être aussi qu'avec le soleil... »

Les stores s'envolèrent une fois de plus. Le soleil cette fois était au rendez-vous. Il avait inondé les murs de l'Institut et gisait en travers de la rue Herzen sur les pavés de bois. Le professeur regarda par la fenêtre, cherchant à se représenter où il serait pendant la journée. Tantôt il s'éloignait de la fenêtre, tantôt il s'en rapprochait avec de petits pas de danse, et finit par se coucher à plat ventre sur l'appui.

Puis il entreprit un travail important et mystérieux. Il couvrit le microscope d'une hotte en verre, fit fondre sur la flamme bleutée d'un bec Bunsen un morceau de cire à cacheter et scella à la table les bords de la cloche, puis sur les taches de cire imprima son pouce. Il ferma le gaz, sortit et condamna son cabinet au moyen d'un cadenas.

La pénombre régnait dans les couloirs de l'Institut. Le professeur parvint à la chambre de Pancrate et frappa longtemps sans succès à la porte. On entendit enfin derrière celle-ci comme un grognement de chien enchaîné, des raclements de gorge et des mugissements, et Pancrate apparut, tache claire en caleçons rayés retenus aux chevilles par de petits cordons. Ses yeux hagards fixés sur le savant, encore à moitié endormi, il poussait de petits gémissements.

« Pancrate, dit le professeur en le regardant par-dessus ses lunettes, excuse-moi de t'avoir réveillé. Voilà ce qu'il y a, mon ami : Défense d'entrer dans mon cabinet demain matin. J'y ai laissé un travail qu'il est interdit de déplacer. Compris ?

— Mmmm... compris, répondit Pancrate, qui n'avait rien compris. Il titubait et grognait faiblement.

— Non, écoute, réveille-toi, Pancrate, prononça le zoologue et il lui frotta un peu les côtes, ce qui donna au visage du gardien une expression d'effroi tout en faisant apparaître dans ses yeux une lueur d'intelligence. J'ai fermé à clef le cabinet, continua Persikov, et il n'est pas nécessaire d'y faire le ménage avant mon retour. Compris ?

— A vos ordres, prononça Pancrate d'une voix enrouée.

— Voilà qui est bien, retourne te coucher. »

Pancrate fit demi-tour, disparut derrière la porte et

s'effondra aussitôt sur son lit, tandis que le professeur s'habillait dans le vestibule. Il mit son manteau d'été gris et un chapeau mou puis, se rappelant le tableau observé au microscope, se mit à fixer ses caoutchoucs qu'il regarda plusieurs secondes de suite, comme s'il les voyait pour la première fois. Ensuite il mit le gauche et s'efforça d'enfiler le droit sur le gauche, mais sans succès.

« Quel hasard extraordinaire, qu'il m'ait appelé, dit le savant. Sans cela je n'aurais pas pu le remarquer. Mais qu'est-ce que cela présage?... C'est que cela présage Dieu sait quoi... »

Le professeur fit entendre un petit rire, cligna des yeux pour mieux voir ses caoutchoucs, enleva le gauche et mit le droit. « Mon Dieu ! Mais c'est qu'on ne peut même pas s'en représenter toutes les conséquences... » Il envoya un coup de pied méprisant au caoutchouc gauche, qui l'irritait en ne voulant pas s'enfiler sur le droit, et gagna la sortie, un seul caoutchouc aux pieds. Puis il perdit son mouchoir et enfin sortit en faisant claquer la lourde porte. Sur le perron il chercha longuement dans ses poches ses allumettes en se frappant les flancs, les trouva et se mit en marche dans la rue, une cigarette non allumée à la bouche.

Jusqu'au Temple du Sauveur, le professeur ne rencontra pas âme qui vive. Il s'arrêta alors et, la tête levée, riva son regard au casque d'or de la coupole, que le soleil léchait doucement d'un côté.

« Comment ai-je fait pour ne pas le voir avant, par quel hasard?... Fi, l'imbécile, ajouta le professeur qui s'était penché et contemplait ses pieds dépareillés. Hum... Que faire? Retourner chez Pancrate? Non, rien ne le réveillerait. Jeter cette saleté, cela fait mal au cœur. Il va falloir le porter à la main. » Il enleva son caoutchouc et se mit à le porter d'un air dégoûté.

Trois jeunes gens débouchèrent de la Prétchistenka, dans une vieille automobile. Les deux garçons, éméchés, tenaient sur leurs genoux une femme abondamment fardée en large pantalon de soie, comme on en portait en 1928.

« Hé, petit père ! cria-t-elle d'une voix grave et rauque, tu as vendu ton autre caoutchouc pour boire ?

— Probable que le vieux est allé faire un tour à l'Alcazar, gémit l'alcoolique de gauche, tandis que celui de droite sortait de la voiture et criait :

— Dis donc, papa, ça serait-y que le bistrot de la Volkhonka est encore ouvert ? On y va ! »

Le professeur les considéra sévèrement par-dessus ses lunettes, laissa tomber sa cigarette et oublia aussitôt leur existence. Une découpure de soleil gagnait le boulevard Prétchistenski[1] et la coupole du Sauveur commença à flamboyer. Le soleil se leva.

III

PERSIKOV CAPTE LE RAYON

Voici ce qui s'était passé. Lorsque le professeur approcha de l'oculaire son œil génial, son attention fut, pour la première fois de sa vie, attirée par un rayon unique qui, par son éclat et son épaisseur, tranchait nettement sur le fond multicolore de la spirale lumineuse. Ce rayon était d'un rouge vif et se séparait de la spirale en formant une pointe de la taille, disons, d'une petite aiguille.

C'était déjà en soi un tel malheur que le rayon captiva,

1. Actuel boulevard Gogol, entre la rue Kropotkine (Prétchistenka) et la place de l'Arbat.

quelques secondes de suite, le regard exercé de notre virtuose.

En lui, en ce rayon, le professeur avait discerné ce qui était mille fois plus important et significatif que le rayon lui-même, fragile rejeton né du déplacement accidentel du miroir et de l'objectif du microscope. Grâce à l'assistant du professeur, dont l'appel l'avait distrait un temps à ses occupations, les amibes étaient restées une heure et demie sous l'action du rayon, et il était arrivé la chose suivante : dans le disque, en dehors du rayon, les amibes granuleuses gisaient molles et sans forces, tandis que là où s'étendait le glaive rouge et effilé d'étranges phénomènes se produisaient. Dans la petite bande rouge, la vie bouillonnait. Les amibes grisâtres, lançant des tentacules, se traînaient de toutes leurs forces vers la bande rouge et là, comme par miracle, revivaient. C'était comme si une force mystérieuse leur avait insufflé le souffle de vie. Elles glissaient en masses compactes et luttaient entre elles pour obtenir une place dans le rayon. Là s'y produisait une multiplication littéralement démentielle. Brisant et renversant toutes les lois que Persikov connaissait sur le bout du doigt, elles bourgeonnaient sous ses yeux à la vitesse de l'éclair, éclataient en deux morceaux et chacun des morceaux au bout de deux secondes se transformait en un organisme entièrement neuf. Ces organismes parvenaient en quelques instants à une taille adulte mais c'était pour donner aussitôt le jour à une nouvelle génération. Dans la bande rouge, puis dans le disque tout entier, la place se mit à manquer et l'inévitable combat commença. Les nouveau-nés se jetaient furieusement les uns contre les autres, se mettaient en pièces et s'entre-dévoraient. Au milieu des amibes qui venaient de naître gisaient les cadavres des amibes mortes dans la lutte pour la vie. Les plus fortes l'emportaient, les mieux constituées. Et ces plus fortes étaient abominables. Tout d'abord leur volume passait de deux fois environ celui des amibes ordinaires, ensuite elles se distinguaient par une méchanceté et une énergie vitale toutes particulières. Leurs mouvements étaient brefs et puissants, leurs tentacules bien plus longs que la normale, et elles s'en servaient, sans exagérer, comme un poulpe des siens.

Pâle et les traits tirés, ne s'alimentant et ne se soutenant qu'à l'aide de grosses cigarettes qu'il se roulait lui-même, le professeur passa la seconde soirée à étudier la nouvelle génération d'amibes et au troisième jour remonta à la source, c'est-à-dire au rayon rouge.

Le gaz sifflait doucement dans le bec Bunsen ; le bruissement de la circulation automobile parvenait à nouveau de la rue. Le professeur, empoisonné par sa centième cigarette, se renversa, les yeux à demi fermés, sur le dossier de son fauteuil tournant.

« Oui, marmottait-il à part lui, maintenant tout est clair. C'est le rayon qui les a ressuscitées. C'est un rayon nouveau, que personne n'a encore ni découvert ni étudié. La première chose qu'il faudra élucider, c'est s'il est produit seulement par l'électricité ou également par le soleil.

Une nuit de plus suffit pour répondre à cette question. Persikov capta trois rayons dans trois microscopes, mais aucun d'entre eux avec l'aide du soleil, ce qu'il résuma en ces termes : « Tout laisse à penser que le rayon n'existe pas dans le spectre solaire... hum... enfin, bref, qu'on ne peut l'obtenir qu'à partir de la lumière artificielle. » Il leva les yeux, regarda amoureusement le globe dépoli, réfléchit d'un air inspiré, puis invita Ivanov à venir dans son cabinet. Il lui raconta tout et lui montra les amibes.

Le chargé de cours Ivanov fut fappé de stupeur, complètement anéanti : comment diable une observation aussi simple que cette petite flèche mince avait-elle pu passer inaperçue auparavant, au point que personne, pas même lui, Ivanov, ne l'ait remarquée ! C'en était véritablement monstrueux.

« Regardez un peu, Vladimir Ipatytch !, disait Ivanov, collant avec épouvante son œil à l'oculaire, voyez ce qui se passe ! Elles grandissent sous mes yeux ! Regardez, regardez !

— Cela fait trois jours que je les observe », répondit Persikov d'un air pénétré.

Ensuite eut lieu entre les deux savants une discussion dont le sens général était le suivant : le chargé de cours Ivanov entreprenait de construire, à l'aide de lentilles et de miroirs, une chambre noire où l'on pourrait obtenir ce rayon hors du microscope, et agrandi. Ivanov espérait, et même était persuadé, que cela serait extrêmement simple. Il obtiendrait le rayon : Vladimir Ipatytch pouvait ne pas en douter. Suivit alors un moment de silence gêné.

« Lorsque je publierai ce travail, Piotr Stépanovitch, intervint Persikov, sentant qu'il fallait rompre ce silence, j'écrirai que les chambres ont été construites par vous.

— Oh, ce n'est pas important... Au reste, bien sûr. »

Et la gêne se dissipa sur-le-champ. Dès ce moment, le rayon dévora également Ivanov. Pendant que Persikov, amaigri et épuisé, passait ses journées et la moitié de ses nuits sur son microscope, Ivanov et un aide s'affairaient dans le laboratoire de physique constellé de lampes, combinant lentilles et miroirs.

D'Allemagne, sur commande transmise par le commissariat à l'Instruction Publique, Persikov reçut trois colis contenant des miroirs ; des biconvexes, des biconcaves, et même des verres polis convexes-concaves. Tout se termina bien : Ivanov construisit la chambre et y capta effectivement le rayon rouge. Et, il faut lui rendre cette justice, il le capta avec un art consommé : il obtint un rayon bien épais, d'environ quatre centimètres de diamètre, pointu et dur.

Le 1er juin, la chambre noire fut placée dans le bureau de

Persikov, qui commença avidement ses expériences en soumettant au rayon du frai de grenouilles. Les expériences donnèrent des résultats extraordinaires. Au bout de quarante-huit heures, des milliers de têtards brisèrent les coquilles. Mais ce n'est rien : en vingt-quatre heures d'une croissance exceptionnellement rapide, les têtards devinrent grenouilles, et si méchantes et voraces que la moitié d'entre elles fut sur-le-champ engloutie par l'autre moitié. Par contre les survivantes, sans perdre un instant, se mirent à frayer et en deux jours, sans qu'aucun rayon fût cette fois nécessaire, mirent au monde une nouvelle génération à l'effectif absolument illimité. Le bureau du savant offrait un spectacle inouï, mais les têtards rampaient aussi du bureau dans l'Institut tout entier. Dans les terrariums, ou tout simplement dans le sol, dans tous les coins et recoins, comme dans un marais, gémissaient de formidables chœurs. Pancrate, qui auparavant n'avait pas besoin de cela pour craindre Persikov comme le feu, n'éprouvait plus maintenant envers lui qu'un sentiment de terreur mortelle. Au bout d'une semaine, le savant sentit lui-même qu'il perdait la raison. L'Institut se remplit d'une odeur d'éther et de cyanure de potassium avec lequel Pancrate faillit bien s'empoisonner pour avoir mal à propos retiré son masque. On parvint enfin à coups de poisons à exterminer la gent marécageuse répandue en tous lieux et à aérer les salles.

Persikov formula ainsi à Ivanov ses conclusions :

« Vous savez, Piotr Stépanovitch, le rayon a une action étonnante sur le deutéroplasma et les ovules en général. »

Ivanov, gentleman froid et réservé, interrompit le professeur d'une voix qui n'était pas la sienne :

« Vladimir Ipatytch, que me parlez-vous là de deutéroplasma, de petits détails ? Soyons francs : Vous avez découvert quelque chose d'inouï. (Au prix d'un grand effort, Ivanov parvint à s'arracher la suite.) Professeur Persikov, vous avez découvert le rayon de la vie ! »

Une faible coloration parut sur les pommettes pâles et non rasées de Persikov.

« Bon, bon, c'est bien, marmotta-t-il.

— Vous acquerrez une célébrité..., poursuivit Ivanov. J'en ai la tête qui tourne. Vous comprenez, Vladimir Ipatytch, continua-t-il avec passion, les héros de Wells, à côté de vous, ce sont des enfants... Et moi qui pensais que c'étaient des fables... Vous vous rappelez son *Place aux géants*.

— C'est un roman, je crois ?

— Bien sûr, et des plus connus encore !

— Je ne m'en souviens plus, répondit Persikov. Je me rappelle l'avoir lu, mais j'ai oublié le contenu.

— Comment cela, vous l'avez oublié, mais regardez donc ! » Il souleva par la patte une grenouille morte de dimensions extraordinaires qui gisait sur la table en verre, le ventre dilaté. « Même après la mort elle a conservé sur sa gueule une expression de haine. C'est que c'est monstrueux ! »

IV

LA POPESSE DROZDOVA[1]

Était-ce la faute d'Ivanov ou bien parce que les nouvelles à sensation ont tendance à se répandre d'elles-mêmes dans les airs, Dieu seul le sait, toujours est-il que dans la gigantesque Moscou en perpétuelle effervescence on se mit

1. Ou Lamerlette (cf. note 1 du 1er chapitre).

soudain à parler du professeur Persikov et de son rayon. Il ne s'agissait, il est vrai, que d'allusions en passant, et des plus vagues. Jusqu'à la mi-juillet, l'annonce de la découverte génératrice de miracles évoqua, dans la capitale aux mille feux, les zigzags d'un oiseau blessé, qui tantôt disparaît et tantôt s'élève à nouveau dans les airs, lorsque soudain parut, en page 2 des *Izvestia*, sous le titre « Nouveautés de la science et de la technique », une courte note traitant du rayon. Il y était dit à mots couverts qu'un certain professeur de la IVe Université avait découvert un rayon augmentant de façon extraordinaire l'activité vitale des organismes inférieurs et que ce rayon devait être soumis à des tests. Le nom de famille, naturellement, avait été estropié, et l'on avait imprimé « Pevssikov ».

Ivanov apporta le journal et montra la note à Persikov.

« Pevssikov », marmonna Persikov, qui travaillait dans son cabinet à la chambre noire. « Comment ces jean-foutre sont-ils au courant de tout ? »

La déformation de son nom n'épargna hélas pas au professeur les événements qui, dès le lendemain, bouleversèrent d'un coup toute sa vie.

Le lendemain donc Pancrate, après avoir frappé, entra dans le bureau et remit à Persikov une carte de visite satinée véritablement somptueuse.

« Il est là, à côté », ajouta timidement Pancrate. La carte portait, en caractères fort élégants, l'inscription suivante :

ALFRED ARKADIEVITCH BRONSKI
Collaborateur des périodiques moscovites
La Revue rouge, La Lumière rouge, Le Piment

rouge, Le Phare rouge et du journal *Moscou-soir rouge*[1]

« Envoie-le se faire... », répondit Persikov d'un ton monotone et il flanqua la carte sous la table.

Pancrate fit demi-tour, sortit et revint au bout de cinq minutes avec un visage douloureux et, à la main, un deuxième exemplaire de la même carte.

« Tu te fiches de moi, ou quoi ? proféra Persikov, grinçant des dents, devenu terrible.

— Il dit qu'il est du "Guépéou[2]" », répondit Pancrate en pâlissant.

Persikov empoigna d'une main le carton, qu'il faillit bien déchirer en deux, et de l'autre jeta ses pincettes sur la table. On avait ajouté sur la carte, d'une écriture aux nombreux jambages :

> « Je vous prie de bien vouloir m'excuser et de me recevoir, Monsieur le Professeur, pour trois minutes, au sujet d'une affaire publique concernant la presse. »

1. C'était une habitude, dans les années 1920-1930, de faire précéder le nom des journaux, nouveaux ou anciens, de l'épithète « rouge » (ex. *Octobre rouge, La Voie rouge, Le Laboureur rouge,* etc.). Mais la liste ici citée est fantaisiste. Seul s'est trouvé exister réellement le quatrième de ces journaux, et encore dans une petite ville de province.

2. Le Guépéou, plus exactement G.P.U., ou « Direction Politique d'État », l'équivalent (mutatis mutandis) de notre D.S.T., a succédé en 1922 à la célèbre « Tchéka » ou « Commission extraordinaire de lutte contre la contre-révolution et le sabotage » (1918-1922 — cf. allusion au début du ch. 6). Ses attributions passèrent ensuite (en 1932) au Commissariat National aux Affaires Intérieures, devenu par la suite Ministère de l'Intérieur (N.K.V.D., puis M.V.D.) et, momentanément (jusqu'en 1968), Ministère de la Protection de l'Ordre Public (M.O.O.P). Il est à noter que, dès la création du M.V.D. en tant que tel, la section politique du Ministère se constitua en organisme autonome directement rattaché au Conseil des Ministres : le K.G.B. ou « Comité de Sûreté de l'État ». À la différence de ses homologues français ou britannique (mais non américain), ses pouvoirs s'étendent également à la recherche du renseignement à l'étranger.

et : « collaborateur du journal satirique *Le Corbeau rouge*, éditions du G.P.U.[1] ».

« Fais-le venir ici », dit Persikov, qui éprouvait des difficultés à respirer.

Le dos de Pancrate, s'effaçant, fit aussitôt place à un jeune homme au visage onctueux et rasé de près. La première chose que l'on remarquait en lui étaient ses sourcils, constamment relevés comme ceux d'un Chinois et recouvrant des yeux d'agate qui pas une seconde ne fixaient l'interlocuteur dans les yeux. Le jeune homme était vêtu de manière irréprochable, selon les derniers canons de la mode. Il portait une veste étroite descendant jusqu'aux genoux, un pantalon immense en forme de cloche et des chaussures vernies d'une largeur exceptionnelle aux bouts en forme de sabots. Il tenait une canne, un chapeau au bord effilé et un calepin.

« Que désirez-vous ? demanda Persikov d'une voix telle que Pancrate alla se cacher aussitôt et referma la porte. On vous a pourtant bien dit que j'étais occupé ? »

En guise de réponse, le jeune homme salua deux fois le professeur, du côté gauche et ensuite du côté droit, puis ses petits yeux firent le tour du bureau et il traça aussitôt un signe dans son carnet.

« Je suis occupé, dit le professeur, regardant son hôte dans les yeux avec un sentiment de répulsion, mais sans obtenir aucun effet, car les prunelles de celui-ci étaient insaisissables.

— Je vous demande mille pardons, très honoré professeur, de forcer votre porte, commença le jeune homme d'une voix flûtée, et de vous dérober un temps qui vous est précieux, mais la nouvelle de votre découverte historique,

1. Tout le sel de cette plaisanterie tient à ce qu'en argot soviétique les « paniers à salade » s'appellent des « corbeaux noirs ».

qui a retenti à travers tout l'univers, oblige notre revue à vous demander quelques éclaircissements.

— Qu'est-ce que c'est que ces éclaircissements à travers tout l'univers? demanda Persikov dont le visage avait jauni, d'une voix geignarde et suraiguë. Je ne suis pas obligé de vous donner des explications, ni rien de semblable. Je suis occupé, terriblement occupé.

— Et à quoi travaillez-vous? demanda d'une voix doucereuse le jeune homme, qui traça un second signe sur son carnet.

— Je... mais que voulez-vous au fait? Publier quelque chose?

— Oui, répondit le jeune homme, qui brusquement se mit à griffonner dans son carnet.

— Premièrement, je n'ai pas l'intention de publier quoi que ce soit tant que je n'aurai pas terminé mon travail... surtout dans vos espèces de journaux... Deuxièmement, comment savez-vous tout cela? »

Persikov sentit soudain qu'il commençait à perdre le contrôle de lui-même.

« Est-il vrai, comme on le dit, que vous avez découvert le rayon d'une nouvelle vie?

— Quelle nouvelle vie? répliqua le professeur exaspéré, qu'est-ce que c'est que ces absurdités? Le rayon auquel je travaille est loin d'être encore étudié à fond, et d'ailleurs on n'est encore sûr de rien! Il est possible qu'il augmente l'activité vitale du protoplasma...

— De combien de fois? » demanda hâtivement le jeune homme.

Persikov en perdit complètement son latin. « En voilà un type! pensa-t-il. C'est quelque chose d'incroyable. »

« Qu'est-ce que c'est que ces questions oiseuses? Bon, mettons, je dirais... mettons mille fois! »

Dans les prunelles du jeune homme passa comme une lueur de joie rapace.

« Et l'on obtient des organismes gigantesques ?

— Mais pas du tout ! Il est vrai que les organismes obtenus par moi sont plus grands que la normale... Disons qu'ils possèdent quelques propriétés nouvelles. Mais ce qui compte ici, l'essentiel, ce n'est pas la taille, mais l'extraordinaire vitesse de reproduction », ajouta Persikov pour son malheur, et il fut aussitôt saisi d'effroi. Le jeune homme remplit une page entière, retourna la feuille et continua à griffonner au verso.

« Mais voulez-vous bien ne pas écrire ! proteste faiblement Persikov au désespoir, se rendant déjà et sentant qu'il était entre les mains du jeune homme. Qu'est-ce que vous écrivez là ?

— Est-il vrai qu'en quarante-huit heures on puisse à partir du caviar[1] obtenir deux millions de têtards ?

— À partir de quelle quantité de caviar ? cria Persikov, sortant à nouveau de ses gonds. Vous avez déjà vu un œuf, disons, de rainette ?

— Une demi-livre ? » demanda le jeune homme sans s'émouvoir.

Persikov devint écarlate.

« Qui donc mesure ainsi ? Pfff ! Qu'est-ce que vous me chantez là ? Bon, mettons, si l'on prend une demi-livre de caviar de grenouille, alors peut-être que... quelle idiotie !... mettons que l'on obtienne une quantité de cet ordre. Mais peut-être aussi bien davantage ! »

Des étoiles s'allumèrent dans les yeux du jeune homme, qui en un tour de main griffonna encore toute une page.

« Est-il vrai que cela va causer une révolution mondiale dans l'élevage ?

1. Il convient de ne pas oublier que le caviar (en russe *ikra*, le mot français étant un emprunt à l'italien) n'est autre chose que le frai de poisson. La double destination, alimentaire et scientifique, de ces œufs explique le caractère grotesque de cette scène.

— Voilà bien une question de journaliste ! gémit Persikov. Et d'une façon générale, je ne vous autorise pas à écrire des âneries ! Je vois à votre visage que vous écrivez je ne sais quelles saletés !

— Votre photo, professeur, vous seriez extrêmement aimable, dit le jeune homme en claquant son carnet.

— Quoi ? Ma photo ? Pour vos feuilles de chou ? à côté des insanités que vous y écrivez ? Non, non et non... Et puis, je suis occupé... Je vous serais très obligé !

— Même une vieille. Nous vous la rendrons aussitôt.

— Pancrate ! cria le professeur fou de rage.

— J'ai bien l'honneur », dit le jeune homme, qui s'éclipsa.

À la place de Pancrate on entendit derrière la porte le grincement étrange et rythmé d'un appareil accompagné d'une sorte de martèlement métallique sur le plancher, et dans le bureau entra un homme d'une corpulence peu commune, vêtu d'une blouse et d'un pantalon de gros drap confectionné dans une couverture. Sa jambe gauche, artificielle, claquait avec fracas ; il tenait à la main une serviette. Son visage rond et rasé, plein d'une gélatine jaunâtre, offrait un sourire affable. Il salua le professeur à la manière militaire et se redressa, ce qui fit résonner les ressorts de son pilon. Persikov en avait perdu la parole.

« Monsieur le professeur, commença l'inconnu d'une voix agréablement nasillarde, pardonnez à un simple mortel de venir troubler votre solitude.

— Vous êtes reporter ? demanda Persikov ? Pancrate ! !

— Absolument pas, Monsieur le professeur, répondit le gros. Permettez-moi de me présenter : je suis capitaine au long cours et collaborateur du journal *Le Courrier de l'industrie* auprès du Conseil des Commissaires du peuple.

— Pancrate ! ! » hurla Persikov au bord de la crise de nerfs. Au même moment le signal rouge du téléphone s'alluma brusquement dans un coin de la pièce et le combiné sonna doucement. « Pancrate ! ! répéta le professeur. J'écoute.

— Verzeihen Sie bitte, Herr Professor, grésilla en allemand le téléphone, dass Ich störe. Ich bin Mitarbeiter des Berliner Tageblattes...

— Pancrate ! ! cria dans le récepteur Persikov, bin momentan sehr beschäftigt und kann Sie deshalb jetzt nicht empfangen ! Pancrate ! »

À la porte d'entrée de l'Institut, pendant ce temps, les sonneries avaient commencé de retentir.

★

« Meurtre épouvantable rue Bronnaïa ! » glapissaient les voix extraordinairement stridentes des vendeurs de journaux tournoyant au beau milieu des feux entre les roues des voitures et les éclairs des réverbères. « Épouvantable apparition de la maladie des poules chez la popesse Drozdova avec son portrait !... L'épouvantable découverte du rayon de la vie du professeur Persikov ! ! »

Persikov qui s'était précipité faillit passer sous une voiture en traversant la Mokhovaïa, et empoigna furieusement le journal.

« Trois kopecks, monsieur ! lui cria le gamin et, s'enfonçant dans la foule sur le trottoir, il glapit à nouveau : « *Le Journal Rouge-Soir* ! La découverte du rayon X ! ! »

Abasourdi, Persikov déplia le journal et s'appuya au pilier d'un réverbère. Dans le coin gauche de la deuxième page et dans un cadre malpropre, un homme chauve aux yeux hagards d'aveugle et à la mâchoire inférieure pendante le regardait, fruit du labeur artistique d'Alfred Bronski. « V. I. Persikov, l'homme qui a découvert le mystérieux rayon rouge », proclamait la légende accompagnant le dessin. Plus bas, sous le titre « Une énigme mondiale », l'article commençait en ces termes : « Asseyez-vous, nous dit aimablement l'éminent savant Persikov... »

Sous l'article s'étalait la signature « Alfred Bronski (Alonso) ».

Une lumière verdâtre s'éleva au-dessus du toit de l'Université[1], au ciel jaillirent les lettres de feu du « Journal parlé », la foule envahit la Mokhovaïa.

« Asseyez-vous ! » hurla soudain dans le haut-parleur situé sur le toit une voix aiguë des plus déplaisantes, ressemblant à s'y méprendre à celle, grossie un millier de fois, d'Alfred Bronski, « nous dit aimablement l'éminent savant Persikov. Il y a longtemps que je voulais faire part au prolétariat moscovite des résultats de ma découverte... »

Derrière son dos, Persikov entendit un faible grincement mécanique et quelqu'un le tira par la manche. Se retournant, il vit le visage jeune et rond du possesseur de la jambe de bois. Les yeux de ce dernier étaient humectés de larmes et ses lèvres tressaillaient.

« Vous avez refusé, Monsieur le professeur, de me faire part, à moi, des résultats de votre admirable expérience, dit-il avec tristesse, et il soupira profondément. J'y ai perdu mes quinze roubles. »

Il regardait mélancoliquement le toit de l'Université et la gueule noire où se déchaînait l'invisible Alfred. Persikov

1. Il s'agit des bâtiments de « l'ancienne Université », située rue Mokhovaïa (la « rue moussue » car, bordant l'ancienne Néglinnaïa, devenue aujourd'hui un ruisseau souterrain), en plein centre de Moscou et où fonctionnent encore certaines sections, surtout littéraires. On dit familièrement « avoir des cours à la Mokhovaïa ». L'atmosphère de ce très bel édifice XVIIIe siècle diffère radicalement de celle des nouveaux bâtiments à la célèbre architecture stalinienne, pesante et massive, et qui furent édifiés sur les monts Lenine (ex-monts des Oiseaux), à une quinzaine de kilomètres du centre. On y étudie essentiellement les disciplines scientifiques.

éprouva soudain sans raison de la pitié pour le gros homme.

« Je ne lui ai dit aucun "asseyez-vous !" grommela-t-il, captant avec haine chaque mot tombé du ciel. C'est tout simplement un impudent d'une espèce rare ! Pardonnez-moi, je vous en prie, mais c'est vrai, quand on travaille et qu'on fait irruption chez vous... Je ne dis pas cela pour vous, bien sûr...

— Peut-être, Monsieur le professeur, me donnerez-vous au moins une description de votre chambre noire ? prononça l'homme-pilon d'une voix affligée et obséquieuse : puisque aussi bien maintenant cela ne vous gêne plus !... »

« À partir d'une demi-livre de caviar éclosent en trois jours une telle quantité de têtards qu'il est absolument impossible de les compter », vociférait l'inconnu dans le haut-parleur.

« Tut-tut », criaient sourdement les automobiles sur la Mokhovaïa.

« Oooh... dis donc, oooh... » bruissait la foule, la tête levée.

« Quel gredin, hein ! sifflait Persikov entre ses dents, s'adressant au pilon et tremblant d'indignation. Qu'est-ce que vous en dites ? C'est que je vais porter plainte contre lui !

— Révoltant », acquiesça le gros.

Un rayon violet éblouissant frappa le professeur en plein dans les yeux et tout alentour prit feu : le réverbère, le pavé en bois, le mur jaune, les visages curieux.

« C'est vous que l'on cherche, Monsieur le professeur », chuchota le gros au comble de l'extase, se pendant à sa manche comme un poids. On entendit dans l'air comme un grésillement.

« Qu'ils aillent tous au diable ! s'écria Persikov au

désespoir, s'arrachant de la foule avec son poids au bras. Hep, taxi ! Rue Prétchistenka ! »

Une vieille voiture à la peinture écaillée, modèle 1924, hoqueta le long du trottoir et le professeur se glissa dans la berline, en s'efforçant de se débarrasser du gros.

« Vous me gênez », sifflait-il tout en se protégeant des deux poings de la lumière violette.

« Vous avez lu ça ? braillait la foule autour de lui. Qu'est-ce qu'on crie là-bas ? Vous entendez ? On a égorgé le professeur Persikov et ses enfants rue Malaïa Bronnaïa ! »

« Je n'ai jamais eu d'enfants, bande d'idiots ! » hurla Persikov dans leur direction et soudain il se trouva au centre de l'objectif d'un appareil de photo noir qui le fusilla de profil, la bouche ouverte et les yeux furieux.

« Krrh... tou... krrh... tou... » se mit à klaxonner le taxi, s'enfonçant dans la masse.

Le gros était déjà assis dans la berline et chauffait le flanc du professeur.

V

UNE HISTOIRE DE POULES

Dans une petite ville déclassée du gouvernement de Kostroma, anciennement dénommée Troïtsk et maintenant

Steklovsk[1], chef-lieu de l'arrondissement du même nom, parut sur le perron d'une petite maison de la rue du Personnel (ex-rue de la Cathédrale) une femme à la tête ceinte d'un fichu, en robe grise semée de petits bouquets imprimés, et qui se mit à sangloter. Cette femme, veuve de l'ex-archiprêtre de l'ex-cathédrale, un certain Drozdov, sanglotait si fort que bientôt, de la maisonnette située de l'autre côté de la rue, une paysanne montra à la fenêtre sa tête entourée d'une écharpe de duvet et s'écria : « Quoi que t'as, Stépanovna, ça serait-y encore que... ?

— Dix-sept que ça me fait ! répondit l'ex-Drozdova en fondant en sanglots.

— Aïe-aïe-aïe, se mit à gémir la paysanne en hochant la tête, quoi que c'est-y qu'c'est ? Pour sûr que le Seigneur s'est fâché contre nous ! Mais c'est-y bien sûr qu'elle a crevé ?

— Regarde donc, regarde donc, Matriona, balbutiait la popesse qui sanglotait avec une bruyante solennité ; regarde donc ce qu'elle a ! »

Le portillon bancal et grisâtre se referma avec un bruit sec, des pieds nus de paysanne claquèrent sur les bosses de la rue poussiéreuse et la popesse, humide de larmes, conduisit Matriona dans sa basse-cour.

On doit reconnaître que la veuve du père archiprêtre Sabbat Drozdov, décédé en 26 de contrariétés antireligieuses, n'avait pas baissé les bras : elle avait fondé une entreprise avicole des plus remarquables. Mais à peine les affaires de la veuve avaient-elles pris bonne tournure qu'on l'avait frappée d'impôts colossaux et son entreprise avait bien failli en demeurer là, n'eussent été les braves gens.

1. Troïtsk, ou « La Trinité », est rebaptisée « Steklovsk », la « ville de verre », en raison de la présence supposée d'une verrerie. Les débaptisations et rebaptisations parfois multiples sont une des questions les plus controversées de la politique administrative soviétique (cf. les récentes *Lettres du musée russe* de Solooukhine).

Ceux-ci lui suggérèrent alors de soumettre aux autorités locales une déclaration selon laquelle elle fondait un artel[1] de travailleurs avicoles. L'artel prit naissance, comprenant Drozdova elle-même, sa fidèle servante Matriochka et une nièce sourde. Les impôts de la veuve furent supprimés et son aviculture se remit à prospérer. En 28, dans la cour poussiéreuse que bordaient les cages à poules, on comptait jusqu'à 250 volatiles, dont quelques cochinchines. Les œufs de la veuve faisaient chaque dimanche leur apparition au marché de Steklovsk, on les vendait à Tambov et il arrivait même qu'ils apparussent dans les vitrines de l'ex-magasin « Tchitchkine, Beurre et Fromages », de Moscou.

Et voilà que la préférée d'entre toutes les brahmapoutras[2] à huppe, la dix-septième depuis le matin, se promenait dans la cour en vomissant. « Errr... ourl... ourl... hohoho... » faisait la brahmapoutra, les yeux tristes et révulsés sous le soleil, qu'elle semblait regarder pour la dernière fois. Accroupie sur les talons, comme pour exécuter une danse russe, le membre de l'artel Matriochka tenait devant le bec de la poule une tasse d'eau.

« Huppette, mignonnette, piou-piou-piou... bois mon eau jolie », l'implorait Matriochka, tâchant d'attraper avec sa tasse le bec de la brahmapoutra, mais celle-ci n'avait pas soif. Elle ouvrait tout grand son bec en levant la tête vers le ciel. Puis elle se mit à cracher le sang.

« Seigneur Jésus ! s'écria la visiteuse en se frappant les flancs, quoi que c'est-y qui se passe ? Rien que du sang frais. Y a pas à dire, j'avais jamais vu qu'une poule, comme des humains, travaille du ventre ! »

Ce furent les dernières paroles d'adieu à la pauvre poule huppée. Elle se renversa soudain sur le côté, donnant des coups de bec impuissants dans la poussière, avec les yeux

1. Forme primitive de société coopérative à propriété collective.
2. Variété de poules, dites aussi « poules de Brahma ».

qui chaviraient, puis se retourna sur le dos, leva les deux pattes et s'immobilisa. Matriochka, renversant sa tasse, se mit à pleurer d'une voix de basse, ainsi que la popesse. La visiteuse se pencha vers l'oreille de la présidente de l'artel et lui chuchota : « Stépanovna, je mange de la terre qu'on a gâté tes poules. On a jamais vu ça ! Y a pas de maladie comme ça même chez les poules. C'est quelqu'un qui leur a jeté un sort, à tes poules.

— Seigneur mon Dieu ! pourquoi qu'ils en veulent à ma vie ! s'écria la popesse en regardant le ciel, pourquoi qu'ils veulent me faire passer ? »

À ses paroles répondit un puissant cocorico, puis un coq tout sec et déplumé sortit du poulailler avec difficulté ; il marchait de côté d'une drôle de manière, comme un ivrogne inquiet sortant d'une brasserie. Il les regarda en roulant des yeux sauvages, gratta la terre, déploya les ailes comme un aigle, mais sans prendre son essor, et se mit à courir en cercle dans la cour, comme un cheval que l'on tient à la corde. Au troisième tour il s'arrêta, se mit à avoir la nausée, puis à râler et graillonner, éclaboussa tout autour de lui de taches de sang, se retourna, et ses pattes se dressèrent vers le ciel comme des mâts. Des hurlements de femmes retentirent dans la cour ; dans les cages à poules leur fit écho un remue-ménage de caquètements inquiets et de claquements d'ailes.

« Alors, c'est-y pas qu'on les a gâtées ? demanda la visiteuse d'un air victorieux. Appelle le père Serge, qu'il dise une messe. »

À six heures du soir, alors que le soleil, bas sur l'horizon, faisait comme une gueule de feu entre les gueules des jeunes tournesols, le père Serge, prieur de la cathédrale, venait de prononcer une obsécration dans la cour de la station avicole et se dégageait de son étole. Des têtes curieuses pointaient au-dessus de la vieille palissade ou apparaissaient dans les fentes de celle-ci. La popesse affligée, pressée contre la croix, mouilla abondamment de larmes un rouble jaune canari tout déchiré qu'elle remit au père Serge, à la suite de quoi celui-ci fit en soupirant la remarque que, selon lui, « le Seigneur s'était fâché contre nous ».

Puis la foule qui était dans la rue se dispersa et, comme les poules se couchent tôt, nul ne sut que dans le poulailler du voisin avaient crevé d'un coup trois poules et un coq. Ils avaient été pris des mêmes vomissements que les poules de la popesse, à cette différence près que leurs morts survinrent une fois le poulailler fermé, et discrètement. Le coq s'écroula de son perchoir la tête la première et dans cette position rendit l'âme. En ce qui concerne les poules de la veuve, il régnait vers le soir dans les poulaillers un silence de mort et la volaille raidie gisait en tas.

Au matin la ville s'éveilla comme frappée du tonnerre, car l'histoire avait pris des dimensions étranges et monstrueuses. Rue du Personnel, il ne restait de vivantes vers midi que trois poules, dans la maison du bout, où l'inspecteur des finances de l'arrondissement louait un appartement, et encore elles moururent vers une heure de l'après-midi. Quand vint le soir, la petite ville de Steklovsk était en ébullition et bourdonnait comme une ruche, parcourue par un mot terrible : la peste. Le nom de Drozdova parut dans le journal local, *Le Combattant rouge*, dans un article intitulé « Est-ce vraiment la peste des poules ? », et de là le bruit se répandit jusqu'à Moscou.

★

La vie du professeur Persikov prit une allure étrange, agitée et pleine de menaces. Travailler dans une telle atmosphère était devenu tout bonnement impossible. Le lendemain du jour où il s'était débarrassé d'Alfred Bronski, il lui fallut débrancher le téléphone de son bureau de l'Institut — il dévissa le récepteur — puis, le soir même, passant en tramway dans l'Okhotny Riad[1], le professeur se vit sur le toit d'un énorme bâtiment portant la noire inscription *Journal des Travailleurs*. Gesticulant, vert de rage et clignant des yeux, il essayait de pénétrer dans un taxi, suivi d'une masse ronde et mécanisée enveloppée d'une couverture qui s'accrochait à sa manche. Sur le toit, sur l'écran blanc, le professeur se voyait lever les poings pour se protéger d'un rayon violet. Puis surgit une inscription flamboyante : « Le professeur Persikov, au cours d'un déplacement en automobile, donne une explication à l'un de nos reporters, le célèbre capitaine Stépanov. » Et, effectivement, on vit soudain, rue Volkhonka, près du Temple du Sauveur, surgir une automobile bringuebalante. À l'intérieur se débattait le professeur, dont la physionomie rappelait celle d'un loup traqué.

« Ce ne sont pas des hommes, mais des diables », murmura entre ses dents le zoologue (puis le tramway s'éloigna).

Le même soir, rentrant chez lui rue Prétchistenka, Persikov reçut des mains de Maria Stépanovna, son économe, une liste de dix-sept numéros de téléphone qui avaient appelé en son absence, ainsi que sa déclaration verbale qu'elle était éreintée. Le professeur faillit déchirer la liste, mais s'arrêta car en face de l'un même des numéros était inscrit : « Le Commissaire du peuple à la santé publique. »

« Mais qu'est-ce que c'est ? se demanda sincèrement l'excentrique homme de science, qu'est-ce qui leur prend ? »

1. Encore une débaptisation et une de celles qui chagrinèrent le plus le cœur des véritables Moscovites (Okoudjava y consacra une chanson) : la célèbre « Okhotny Riad » — la « Galerie des Chasseurs » au nom si médiéval — est devenue récemment partie intégrante (centrale) de l'avenue Marx.

Puis, à dix heures et quart, quelqu'un sonna et le professeur se vit dans l'obligation de bavarder avec un citoyen à l'ordonnance extérieure éblouissante. Le professeur le reçut grâce à une carte de visite sur laquelle était inscrit (sans prénom ni nom de famille) : « Chef et fondé de pouvoir des missions commerciales étrangères accréditées auprès de la République des Soviets. »

« Que le diable l'emporte ! rugit Persikov en jetant sur le drap vert de la table une loupe et des diagrammes, puis il dit à Maria Stépanovna :

« Faites-le venir ici, dans le cabinet, cette espèce de plénipotentiaire.

— En quoi puis-je vous être utile ? » demanda le savant d'un ton tel que le chef fut parcouru d'un léger frisson.

Persikov remonta ses lunettes sur son front, puis les rajusta sur la racine du nez et dévisagea son hôte. Celui-ci étincelait de vernis et de pierres précieuses et portait à l'œil droit un monocle. « Quelle sale bobine », pensa involontairement Persikov.

Le visiteur commença de loin ; plus précisément, il demanda la permission d'allumer un cigare, à la suite de quoi Persikov le pria, bien à contre-cœur, de s'asseoir. Puis il prononça de longues formules pour s'excuser d'être venu aussi tard : « mais c'est... hum... qu'il était impossible dans la journée d'attra... hi-hi, pardon... de trouver le professeur chez lui (tout en riant, le visiteur sanglotait comme une hyène).

— Oui, je suis occupé ! répondit Persikov d'un ton si coupant que le visiteur sentit à nouveau un frisson lui parcourir l'échine.

— Il s'était permis cependant de déranger l'illustre professeur : le temps, comme on dit, c'est de l'argent... Le cigare ne dérangeait pas le professeur ?

— Grrr, grrr, grrr... répondit le professeur. Puisqu'il l'avait autorisé...

— Le professeur... a bien découvert le rayon de la vie ?

— Excusez-moi, s'anima soudain Persikov, qu'est-ce que c'est que cette vie dont vous me parlez ? Ce sont vos canards qui ont inventé cela !

— Ah ! non, hi-hi-hi, hé-hé-hé... Il comprenait parfaitement cette modestie qui constituait l'ornement véritable de tous les authentiques savants... mais (était-il besoin d'en parler ?) les télégrammes reçus aujourd'hui... Dans les capitales étrangères telles que Varsovie et Riga, on savait déjà tout sur le rayon. Le nom du professeur Persikov était sur toutes les lèvres. Le monde entier, retenant son souffle, suivait les travaux du professeur Persikov... Mais tout le monde comprenait parfaitement combien était pénible la situation des savants en Russie soviétique ("Entre nous soit dit[1] ... personne ne risque de nous écouter.") ... on ne savait malheureusement pas dans ce pays apprécier les travaux scientifiques à leur juste valeur, et c'est pour cela qu'il aurait bien voulu parler un peu avec le professeur... Une puissance étrangère proposait au professeur Persikov une aide totalement désintéressée dans ses travaux de laboratoire. Pourquoi jeter ici des perles aux pourceaux, comme il est dit dans les Saintes Écritures ? La puissance en question savait combien le professeur avait souffert en 1919 et en 1920 au cours de cette ... hi-hi-hi ... révolution. Sous le sceau, cela allait de soi, du plus grand secret... Le professeur mettrait ladite puissance au courant des résultats de ses travaux et celle-ci, en échange, financerait le professeur. Il avait bien construit une chambre noire ? Eh bien, il serait fort intéressant de prendre connaissance des croquis de cette chambre. »

1. En français dans le texte.

Et sur ces mots, le visiteur sortit de la poche intérieure de sa veste un paquet de billets à la blancheur immaculée[1].

« Une bagatelle, disons 5 000 roubles d'acompte, que le professeur pouvait toucher à la minute même... et il n'était pas besoin de reçu... Le professeur offenserait le fondé de pouvoir s'il parlait de reçu.

— F...-moi le camp ! » éructa soudain Persikov d'une voix si terrible que le piano du salon émit un son dans les aigus.

Le visiteur disparut d'une manière si prompte qu'une minute plus tard Persikov frémissant de fureur se demandait déjà s'il n'avait pas été le jouet d'une hallucination.

« Ce sont ses caoutchoucs ? hurla-t-il dans l'antichambre un instant après.

— Le monsieur les aura oubliés, répondit Maria Stépanovna toute tremblante.

— Jetez ça dehors !

— Et pourquoi donc les jeter ? Il viendra les reprendre.

— Donnez-les au comité de l'immeuble[2], avec une signature. Que je ne voie plus la couleur de ces caoutchoucs ! Donnez-les au comité ! Qu'il prenne les caoutchoucs de l'espion ! »

Maria Stépanovna s'empara en se signant des magnifi-

1. Les billets de banque russes se différencient traditionnellement par leur couleur. À l'époque où ce récit a été écrit (et avant la révolution), la couleur blanche était le lot des billets de 25 roubles. (Depuis la réforme monétaire de 1961 ceux-ci sont violets. Parallèlement, l'habitude s'est perdue de les désigner par leur couleur.)

2. Chaque immeuble soviétique est administré par un comité habilité à résoudre toutes les questions matérielles, arbitrer les querelles entre voisins, expulser les ivrognes et, d'une manière générale, s'immiscer dans les affaires privées des locataires, par exemple pour vérifier la moralité de leur conduite ou la propreté des locaux. Ce comité est subordonné à un « bureau d'exploitation immobilière » (J.E.K.), présent dans chaque quartier.

ques snow-boots en cuir et les emporta dans l'escalier de service. Elle y demeura quelque temps, derrière la porte, puis cacha les caoutchoucs dans une resserre.

« C'est fait ? demanda Persikov encore furieux.

— Oui, c'est fait.

— Le reçu.

— Mais... Vladimir Ipatytch... Vous savez bien que le président du comité est complètement illettré !

— À la minute ! Je veux-un-reçu ! Trouvez-moi un crétin quelconque qui sache lire et écrire pour me signer ça ! »

Maria Stépanovna se contenta de hocher la tête et revint au bout d'un quart d'heure avec la note suivante : « Reçu par le fonds de la part du professeur Persikov 1 (une) protège-pieds. Kolessov. »

— Et ça, qu'est-ce que c'est ?

— Le jeton, monsieur. »

Celui-ci fut aussitôt piétiné par Persikov, qui rangea le reçu sous un presse-papiers. Puis son front au profil abrupt fut assombri l'espace d'un moment par une soudaine pensée. Il se précipita vers le téléphone, carillonna à l'Institut pour faire venir Pancrate et lui demanda si « tout allait bien ». Pancrate poussa dans l'appareil un grognement d'où l'on pouvait déduire qu'à son avis tout allait bien. Mais Persikov ne se calma qu'un court instant. Fronçant les sourcils, il se pendit au téléphone et prononça dans le récepteur : « Donnez-moi la... comment est-ce déjà ?... la Loubianka. Merci[1]. À qui de vous dois-je parler ?... Il y a des types suspects qui viennent ici, chez moi, en caoutchoucs... Oui, oui... Professeur Persikov de la IVe Université... »

Le récepteur interrompit brutalement la conversation.

1. En français dans le texte.

La Loubianka : la police politique (cf. note 1, p. 81) du nom de la place, aujourd'hui place Dzerjinski.

Persikov s'éloigna en grommelant entre ses dents des mots d'injures.

« Voulez-vous du thé, Vladimir Ipatytch? s'informa timidement Maria Stépanovna, après avoir jeté un coup d'œil dans le bureau.

— Non, je ne veux pas de thé... grr-grr-grr, qu'ils aillent tous au diable... Comme ils ont pris la mouche! Enfin, tant pis. »

Exactement dix minutes plus tard, le professeur recevait dans son bureau de nouveaux visiteurs. L'un d'eux, au physique agréable et replet, très poli, était vêtu fort simplement d'une tunique militaire kaki et d'un pantalon de cavalier; il portait également un pince-nez, tel un papillon de cristal. D'une façon générale, il évoquait un ange qui aurait des bottes vernies. Le deuxième, court de taille, au visage fermé et sinistre, était en civil; mais le costume civil lui allait si mal qu'il semblait le gêner aux entournures. Le troisième visiteur se conduisit d'une manière originale: il n'entra pas dans le cabinet du professeur et resta dans l'antichambre à demi obscure. Cette situation lui permettait en outre d'avoir une vue privilégiée sur le cabinet éclairé et entrecoupé de jets de fumée de tabac. Le visage de ce troisième, également en civil, était orné d'un pince-nez aux verres fumés.

Ses deux collègues, dans le bureau, épuisèrent complètement Persikov. Ils examinaient sous tous les angles la carte de visite, accablaient le professeur de questions sur les cinq mille roubles et lui faisaient sans fin décrire l'apparence physique de son visiteur.

« Qu'est-ce que j'en sais? bougonnait Persikov. Une physionomie répugnante, voilà tout. Une tête de dégénéré.

— Il n'a pas un œil de verre, par hasard? demanda le petit d'une voix rauque.

— Qu'est-ce que j'en sais? Non, d'ailleurs, ses yeux bougent continuellement.

— Rubinstein? demanda l'ange d'une voix douce en s'adressant au petit en civil. Mais celui-ci, maussade, secoua la tête négativement.

— Rubinstein ne donnerait rien sans reçu, en aucun cas, grommela-t-il. Non, ce n'est pas un travail à la Rubinstein. C'est quelqu'un de plus gros. »

L'histoire des caoutchoucs suscita une éruption d'enthousiasme chez les visiteurs. L'ange se contenta de prononcer au téléphone du comité d'immeuble ces quelques mots : « La Direction Politique d'État convoque immédiatement dans l'appartement du professeur Persikov le secrétaire du comité d'immeuble Kolessov accompagné des caoutchoucs », et aussitôt Kolessov, pâle et les caoutchoucs à la main, fit son entrée dans le bureau.

« Vassenka ! dit l'ange sans forcer la voix, en appelant celui qui attendait dans l'entrée. Ce dernier se leva gauchement de son siège et en se déhanchant se traîna dans le cabinet. Les verres fumés avaient complètement englouti ses yeux.

— Ouais? demanda-t-il laconiquement et d'une voix endormie.

— Les caoutchoucs. »

Les yeux enfumés glissèrent le long des caoutchoucs, et il sembla alors à Persikov que sous les verres avaient brillé un instant, en biais, des yeux qui n'étaient absolument pas ensommeillés, mais au contraire extraordinairement perçants. Mais ils s'éteignirent instantanément.

« Alors, Vassenka ? »

Celui qu'on appelait Vassenka répondit d'une voix molle :

« Quoi, alors? Ce sont ceux de Pelenzkowski. »

Le fonds se vit aussitôt privé du cadeau du professeur Persikov. Les caoutchoucs disparurent dans du papier journal. L'ange en tunique exultait. Il se leva, se mit à serrer la main du professeur et prononça même un petit speech, dont le contenu se ramenait à ceci : cela faisait honneur au professeur... le professeur pouvait être tranquille... personne ne le dérangerait plus, ni à l'Institut ni chez lui... des mesures seraient prises, ses chambres noires étaient dans la plus parfaite sécurité...

« Est-ce qu'il ne vous serait pas possible de faire fusiller tous les reporters ? » demanda Persikov, en regardant pardessus ses lunettes.

Cette question égaya énormément les visiteurs. Non seulement le petit visage sombre, mais même l'homme aux yeux couleur de fumée sourit dans l'entrée. L'ange, tout rayonnant et pétillant, expliqua que cela n'était pas possible.

« Et qu'est-ce que c'est que cette canaille qui était chez moi ? »

Tous cessèrent aussitôt de sourire ; l'ange répondit évasivement que ce n'était rien, un petit trafiquant sans envergure, qu'il ne fallait pas y prêter attention... Il demandait cependant instamment au citoyen professeur de garder dans le plus grand secret ce qui s'était passé ce soir-là, et les visiteurs s'en allèrent.

Persikov rentra dans son cabinet pour se remettre à ses diagrammes, mais il n'en eut pas le loisir. Le téléphone émit son petit cercle de feu et une voix féminine demanda au professeur s'il ne désirait pas épouser une veuve ardente au physique agréable possédant un appartement de sept pièces. Persikov hurla dans le téléphone : « Je vous conseille d'aller vous faire soigner chez le professeur Rossolimo ! » et... reçut aussitôt un second appel. Persikov, cette fois-ci, s'adoucit quelque peu car à l'autre bout du fil une personnalité assez connue appelait du Kremlin. Elle l'interrogea longuement sur son travail, avec les signes de la plus vive sympathie, et exprima le désir de visiter son laboratoire. Persikov s'éloigna du téléphone, s'essuya le front et dévissa le récepteur. À ce moment précis éclatèrent dans l'appartement du dessus d'affreux bruits de trompettes, accompagnés des gémissements ailés des Walkyries : le directeur du trust drapier avait capté sur son récepteur radio le concert Wagner du théâtre Bolchoï. Persikov déclara à Maria Stépanovna, au milieu du fracas et des gémissements qui se déversaient sur lui du plafond, qu'il allait porter plainte contre le directeur, qu'il lui casserait son poste, qu'il quitterait Moscou et irait se faire voir ailleurs puisqu'on semblait s'être fixé pour but de le déloger. Après avoir brisé sa loupe, il alla se coucher sur le canapé de son bureau et s'endormit aux doux accords d'un pianiste célèbre qui lui parvenaient du Bolchoï.

Les surprises se poursuivirent le lendemain. En arrivant en tramway à l'Institut, Persikov rencontra sur le perron un citoyen inconnu de lui, coiffé selon la mode d'un chapeau melon vert. Celui-ci examina attentivement le professeur mais ne lui adressa aucune question, ce qui le rendit supportable aux yeux de Persikov. Mais dans le vestibule de l'Institut, en plus de Pancrate désemparé, Persikov fut accueilli par un second chapeau melon qui se leva et le salua courtoisement.

« Bonjour, Monsieur le professeur.

— Qu'est-ce que vous me voulez ? demanda Persikov d'une voix terrible en se dépouillant de son pardessus, aidé par Pancrate. Mais le melon apaisa rapidement le professeur lorsqu'il chuchota de la voix la plus suave qu'il avait tort de s'inquiéter, qu'il se trouvait là, lui melon, précisément pour débarrasser le professeur de toutes espèces de visiteurs importuns. Le professeur pouvait être tranquille, non seulement derrière les portes, mais même derrière les fenêtres de son cabinet. Sur ces mots, l'inconnu retourna rapidement le revers de sa veste et montra au professeur un insigne.

« Hmm... il n'y a pas à dire, vous faites rudement bien votre métier », prononça Persikov d'une manière indistincte, ajoutant naïvement : « Et qu'est-ce que vous trouverez ici à manger ? »

À cette question, le melon eut un sourire malicieux et expliqua qu'on viendrait le relever.

Les trois jours qui suivirent furent merveilleux. On vint deux fois du Kremlin rendre visite à Persikov et il eut une fois des étudiants qui passaient leurs examens. Tous furent d'ailleurs collés sans rémission ; on voyait à leurs visages que Persikov leur inspirait maintenant une crainte véritablement superstitieuse. « Faites-vous receveur de tramway ! Vous n'êtes pas doué pour la zoologie », entendait-on dans le cabinet.

« Il est sévère ? demandait le melon à Pancrate.

— Sévère ? Le diable en personne ! répondait Pancrate. S'il y en a un qui réussit à passer, le pauvre petit, il sort du cabinet en chancelant, tout inondé de sueur, et va tout droit au bistrot. »

Occupé par toutes ces broutilles, le professeur ne vit pas passer trois jours entiers, mais au quatrième fut de nouveau rappelé à la réalité par une voix aiguë et perçante qui lui parvenait de la rue.

« Vladimir Ipatytch ! » lui cria par la fenêtre ouverte du cabinet une voix dans la rue Herzen. La voix eut de la chance : Persikov s'était éreinté au travail les jours précédents. Au moment en question, il était justement en train de se reposer, assis dans son fauteuil. Le regard morne et atone et les yeux cerclés de rouge, il fumait. Il n'en pouvait plus. Et c'est pourquoi il jeta par la fenêtre un coup d'œil non dépourvu d'une certaine curiosité et aperçut Alfred Bronski, planté sur le trottoir. Le professeur reconnut aussitôt le titulaire de la carte de visite à son chapeau au bord effilé et à son calepin. Bronski salua la fenêtre avec déférence et tendresse.

« Ah, c'est vous ? » demanda le professeur. Manquant de force pour se fâcher, il trouva même curieux dc voir ce qui allait suivre. Protégé d'Alfred par la fenêtre, il se sentait en sécurité. L'inamovible melon posté dans la rue tourna aussitôt l'oreille vers Bronski. Un sourire attendri fleurit sur le visage de ce dernier.

« Deux petites minutes, cher professeur, prononça Bronski du trottoir en forçant la voix. Je n'ai qu'une toute petite question, et entièrement zoologique. Ça ne vous dérange pas que je vous la pose ?

— Posez, répondit Persikov avec un laconisme teinté d'ironie, pensant à part lui : « Cette fripouille a vraiment quelque chose d'américain. »

— Qu'est-ce que vous dites pour les poules, cher professeur ? » cria Bronski, les mains en porte-voix.

Persikov fut très étonné. Il s'assit sur le rebord de la fenêtre, puis en descendit, appuya sur un bouton et cria, en montrant la fenêtre du doigt :

« Pancrate, laissez entrer ce type qui est sur le trottoir. »

Lorsque Bronski entra dans le cabinet, Persikov fit montre d'une telle amabilité qu'il alla jusqu'à rugir à son attention un « asseyez-vous ! ».

Bronski, aux anges, s'assit sur le tabouret à vis.

« Expliquez-moi, je vous prie, lui dit Persikov, vous faites bien des articles dans vos espèces de journaux ?

— C'est bien cela, répondit Alfred avec déférence.

— Il y a une chose que je ne comprends pas : comment pouvez-vous écrire un article si vous ne connaissez même pas votre langue maternelle ? Qu'est-ce que c'est que ce "ça ne vous dérange pas" et ce "pour les poules" ? Vous vouliez, je suppose, m'interroger "au sujet des poules" ? »

Bronski se mit à rire, d'une voix fluette et respectueuse :

« Valentin Pétrovitch me corrige, précisa-t-il.

— Qu'est-ce que c'est que ce Valentin Pétrovitch ?

— Le chef de la section littéraire, au journal.

— Soit. Je ne suis d'ailleurs pas grammairien. Qu'il aille en paix, votre Pétrovitch. Que désirez-vous savoir au juste sur les poules ?

— Tout ce que vous pourrez m'en dire, professeur. »

Bronski s'arma alors d'un crayon. Des étincelles victorieuses jaillirent dans les yeux de Persikov.

« Ce n'est pas à moi qu'il fallait vous adresser. Les volatiles ne sont pas ma spécialité. Vous auriez dû vous adresser à Émélian Ivanovitch Portugalov, de la 1re Université. Personnellement, je sais très peu de chose... »

Bronski souriait d'un air ravi, laissant entendre qu'il avait compris la plaisanterie du bon professeur : « très peu ! il plaisante ! », porta-t-il sur son carnet.

« Au reste, si cela vous intéresse, je vous en prie. Les poules, animaux pourvus d'une crête, sont une variété d'oiseaux de l'ordre des gallinacés, famille des faisans... commença Persikov d'une voix puissante, regardant au loin par-dessus la tête de Bronski, comme s'il avait devant lui un millier d'auditeurs... famille des faisans, plus exactement des phasianidés... Ce sont des oiseaux à crête charnue, avec deux lobes sous la mâchoire inférieure... hum... quoique parfois il n'y en ait qu'un seul au milieu du menton. Bon, qu'est-ce qu'on peut encore en dire ? Des ailes courtes et arrondies... Une queue moyenne, un peu en dents de scie, je dirais même en forme de toit. Les plumes du milieu sont incurvées en faucille... Pancrate ! Prends dans le cabinet des maquettes le 705, le coq démontable... au reste, vous n'en avez pas besoin ?... Pancrate, n'apporte pas la maquette... Je vous le répète, je ne suis pas spécialiste, allez voir Portugalov. Bon... Je connais personnellement six espèces de poules sauvages... Portugalov en connaît davantage... vivant dans l'Inde et l'archipel malais. Par exemple, le coq de Banka ou Kazintu, que l'on trouve sur les contreforts de l'Himalaya, dans toute l'Inde, l'Assam, la Birmanie... Le coq à queue fourchue ou Gallus varius, dans les îles Lombok, Sumbava et Florès. À Java même, nous avons le très remarquable coq Gallus Aeneus, dans le sud-est de l'Inde, je peux vous recommander le très beau coq de Sonnerat. Je vous montrerai tout à l'heure un dessin. En ce qui concerne Ceylan, nous y rencontrons le coq de Stanley, qui n'existe nulle part ailleurs. »

Bronski, assis, écarquillait les yeux et griffonnait.

« Y a-t-il encore quelque chose que je puisse vous apprendre ?

— J'aurais voulu avoir quelques renseignements sur les maladies des poules, balbutia Alfred d'une voix à peine audible.

— Hummm... je ne suis pas spécialiste. Demandez à Portugalov... Bon, eh bien on a le ténia, le suce-sang, les ixodes galeux, la maladie du fer, les tiques des oiseaux, le pou des poules ou mange-duvet, les puces, le choléra des poules, l'inflammation diphtéro-striduleuse des muqueuses... la pneumonomycose, la tuberculose, les teignes des poules... et bien d'autres encore... (des étincelles dansaient dans ses yeux)... les empoisonnements, par exemple par le microbe de la rage, les tumeurs, la maladie anglaise ou rachitisme, la jaunisse, les rhumatismes, la mycose d'Achorion Schönlayni... une maladie très intéressante... Au début de la maladie, de petites taches se forment sur la crête, semblables à de la moisissure... »

Bronski essuya avec un mouchoir à fleurs la sueur qui lui dégoulinait du front.

« Et quelle est à votre avis, professeur, la cause de la catastrophe actuelle ?

— De quelle catastrophe ?

— Quoi, vous n'êtes pas au courant, professeur ? demanda Bronski stupéfait, tirant de sa serviette un numéro chiffonné des *Izvestia*.

— Je ne lis pas les journaux, répondit Persikov en se renfrognant.

— Et pourquoi donc, professeur? demanda tendrement Alfred.

— Parce qu'ils écrivent des tas de sottises, répondit Persikov sans réfléchir.

— Comment donc, professeur? chuchota doucement Bronski en déployant la feuille.

— Qu'est-ce que cela veut dire? demanda Persikov, qui s'en leva de son siège. C'est dans les yeux de Bronski que des étincelles s'étaient maintenant mises à danser. Il souligna d'un ongle pointu, laqué et d'une longueur prodigieuse, un titre qui barrait toute la première page du journal: "La peste des poules dans notre pays".

— Comment?» dit Persikov, remontant les lunettes sur son front.

VI

MOSCOU EN JUIN 1928

La ville brillait de mille feux dansants, qui tantôt s'éteignaient, puis s'allumaient à nouveau, indéfiniment. Place des Théâtres[1] tournoyaient les phares blancs des autobus et les feux verts des tramways; au-dessus de l'ex-magasin «Murr et Mérilise» au neuvième étage

1. Actuelle place Sverdlov.

récemment surélevé, sautillait une femme électrique qui jetait l'une après l'autre les lettres multicolores du « crédit ouvrier ». Dans le square faisant face au théâtre Bolchoï, où le jet d'eau, la nuit, scintillait de mille feux, la foule se bousculait et faisait une rumeur. Et au-dessus du Bolchoï, un gigantesque haut-parleur hurlait :

« Les vaccinations antipoules pratiquées dans l'institut vétérinaire de Lefortovo ont donné de brillants résultats. La quantité de... poules mortes dans la journée d'aujourd'hui a diminué de moitié... »

Puis le haut-parleur changeait de timbre, on entendait à l'intérieur une sorte de grondement, un jet de lumière verte brillait et s'éteignait plusieurs fois de suite au sommet du théâtre et le haut-parleur confiait sa peine d'une voix de basse :

« Il a été formé une commission extraordinaire de lutte contre la peste des poules, composée du commissaire du peuple à la Santé publique, du commissaire du peuple à l'Agriculture, du chef de département de l'Élevage, le camarade Ptakha-Porossiouk[1], des professeurs Persikov et Portugalov... et du camarade Rabinovitch !... De nouvelles tentatives d'intervention[2] ! ajoutait le haut-parleur, riant et pleurant comme un chacal, dans l'affaire de la peste des poules ! »

L'avenue des Théâtres, l'avenue Néglinniy[3] et la Lou-

1. Quelque chose comme « Loiseau-Cochonnet ». « Rabinovitch », cité un peu plus loin, est le nom traditionnel du héros des histoires juives.

2. Allusion à l'« intervention » étrangère, dans les tout débuts du régime soviétique (hostile aux rouges et soutenant les blancs).

3. Ces deux avenues correspondaient aux parties supérieure et inférieure de l'actuelle avenue Marx, l'avenue Néglinnyi correspondant au cours de l'ancienne rivière Néglinnaïa (cf. note 1, p. 70). Il reste d'ailleurs encore une rue Néglinnaïa, en amont de la rivière. La rue Loubianka porte aujourd'hui, comme la place, le nom de l'ancien chef de la Tchéka (cf. note 1, p. 81).

bianka flamboyaient de plaques blanches et violettes, éclaboussaient de rayons, mugissaient d'avertisseurs sonores, tourbillonnaient de poussière. Des foules se pressaient le long des murs auprès de grandes affiches où les annonces officielles étaient éclairées par des projecteurs d'un rouge cru :

« Il est interdit à la population, sous peine de la plus lourde responsabilité, d'utiliser pour la nourriture les œufs et la chair des poules. Les commerçants privés qui tenteraient d'en vendre sur les marchés seront taxés de responsabilité criminelle et verront leurs biens confisqués. Tous les citoyens possédant des œufs doivent d'urgence les remettre à leur commissariat de quartier. »

Sur le toit du *Journal des travailleurs*, l'écran montrait des monceaux de poules s'élevant jusqu'au ciel. Des pompiers verdâtres se démenaient, jetaient des étincelles et les arrosaient de pétrole avec des lampes à incendie. Puis des vagues rouges emplissaient l'écran, une fumée morte s'enflait et se mettait à pendre en lambeaux, à ramper en de longs jets. Une inscription surgissait, proclamant en lettres de feu :

« Incinération de cadavres de poules à la Khodinka[1]. »

Il y avait, au milieu des vitrines au flamboiement démentiel et des magasins ouverts jusqu'à trois heures du matin avec deux pauses pour le déjeuner et pour le dîner, comme des trous aveugles : c'étaient les fenêtres condamnées au-dessus desquelles pendaient les enseignes :

« Œufs à vendre. Qualité garantie. »

1. Ce célèbre terrain vague (aujourd'hui « champ d'Octobre »), situé dans la partie nord-ouest de Moscou, est connu dans l'histoire par le terrible accident survenu en 1896, lors des fêtes du couronnement de Nicolas II, lorsque 2000 personnes périrent écrasées dans une bousculade. Cet espace est aujourd'hui utilisé comme héliport de liaison.

Et très souvent, dans un hurlement de sirènes, doublant les lourds autobus et frôlant les agents de police, passaient en trombe des automobiles sifflantes portant l'inscription :

« Service de santé de la ville de Moscou — Secours d'urgence. »

« Encore quelqu'un qui s'est goinfré d'œufs pourris », murmurait la foule.

Rue Pétrovskye Linyi[1] brillaient des lanternes vertes et orange du restaurant « Empire », célèbre dans le monde entier. À l'intérieur, voisinant avec les téléphones portatifs, des cartons tachés par les liqueurs proclamaient, posés sur des guéridons :

« Par ordre spécial, il n'est pas servi d'omelettes. Arrivage d'huîtres fraîches. »

À l'« Ermitage », où les lanternes chinoises jetaient les feux plaintifs de leur verroterie au milieu de la verdure intime et irréelle, les chansonniers Schramms et Karmantchikov, sur une estrade dont la lumière perçante crevait les yeux, chantaient des couplets composés par les poètes Ardo et Argouïev :

« Ah, maman, que vais-je devenir
Si je n'ai plus d'œufs[2] ? »

et leurs pieds s'agitaient dans un grondement de claquettes. Le théâtre Vsévolod Meyerhold, ainsi nommé en souvenir du grand homme de théâtre mort, comme on le sait, en 1927, alors qu'il montait le *Boris Godounov* de Pouchkine, lorsque s'effondrèrent des trapèzes chargés de boyards

1. C'est-à-dire rue du Marché (disparu) de la Pétrovka, du nom de la grande rue voisine. Le restaurant Empire s'appelle aujourd'hui Budapest, de même que l'Ermitage, cité plus bas, a été rebaptisé Ouzbékistan.

2. Plaisanterie grivoise (cf. note 1, p. 77).

nus[1], s'était paré d'une enseigne multicolore dont les lettres mouvantes annonçaient la création de la pièce *Crevailles avicoles* due à l'écrivain Ehrendorg, dans une mise en scène de Kuhterman, élève de Meyerhold et metteur en scène « émérite[2] » de la R.S.F.S.R. Chatoyant de réclames lumineuses qu'ornait un corps de femme à demi nu, l'« Aquarium » donnait, à côté, dans la verdure de son estrade et sous un tonnerre d'applaudissements, la revue *Fils de poules*, de Léniniev. Enfin, rue de Tver, on pouvait voir des ânons du cirque marchant en file : des lampions accrochés de part et d'autre à leurs bouches, ils portaient des placards étincelants annonçant la reprise, au théâtre Korch, du *Chantecler* de Rostand.

Les petits vendeurs de journaux hurlaient au milieu des roues des véhicules :

« Épouvantable découverte dans un souterrain ! La Pologne se prépare à une guerre épouvantable ! Les expériences épouvantables du professeur Persikov ! »

Dans l'ex-cirque Nikitine, sur l'arène grasse et brune à

1. Meyerhold n'est mort en fait, tout comme Boulgakov lui-même, qu'au début de la Seconde Guerre mondiale, à l'époque des grandes purges staliniennes et dans des circonstances demeurées jusqu'à présent mystérieuses. Boulgakov se moqua, avec une cruauté involontaire, du grand metteur en scène futuriste dont le nom venait d'être donné au local qu'il occupait avec sa troupe, honneur en principe posthume. Les raisons de l'hostilité de Boulgakov envers Meyerhold sont à la fois artistiques (extravagance discutable de ses mises en scène) et, surtout politiques (Meyerhold personnage officiel, du moins dans la période centrale de sa carrière théâtrale soviétique). Le théâtre Meyerhold est aujourd'hui devenu la salle de concerts Tchaïkovski. L'Aquarium, dont il est question ensuite, démoli et reconstruit entièrement en 1959, est devenu à cette date la salle principale du théâtre Mossoviet. L'ex-théâtre Korch abrite la « petite salle » du Théâtre d'Art.

2. Expression à peu près intraduisible. Il s'agit de l'un des deux grades artistiques officiels, acteur (ou metteur en scène, ou compositeur, etc.) *émérite* (zaslujenyi) et acteur, etc. *du peuple* (narodnyi). Ces titres sont donnés dans le cadre de l'U.R.S.S. ou, plus modestement, dans le cadre de l'une des républiques fédérées (depuis leur création).

l'agréable odeur de crottin, le clown Bom à la pâleur cadavérique disait à Bim, énorme dans son costume à carreaux d'hydropisique : « Je sais pourquoi tu es si triste ! — Pourquoi ? demandait Bim d'une voix piaillante. — C'est parce que tu as enterré des œufs et que les agents du 15e commissariat les ont trouvés ! » « Ha, ha, ha », riait le cirque entier, si bruyamment que le sang se figeait dans les veines en une gaieté si triste et que, sous la coupole vieillotte, trapèzes et toiles d'araignée se mettaient à se balancer.

« Hop ! » criaient les clowns à tue-tête, et un cheval blanc et dodu emportait sur son dos une fille d'une beauté merveilleuse, aux jambes fuselées et en collant framboise.

★

Sans regarder ni voir personne, insensible aux bousculades comme aux discrètes et tendres sollicitations des filles de joie, solitaire et inspiré, couronné d'une gloire inattendue, Persikov se frayait un chemin à travers la Mokhovaïa, en direction de l'horloge lumineuse du Manège[1]. Là, toujours sans regarder personne et absorbé dans ses pensées, il se heurta à un homme étrange, vêtu de façon démodée, et se cogna douloureusement les doigts contre l'étui en bois d'un pistolet qui pendait à son côté.

« Ah, m..., piailla Persikov, excusez-moi.

— Je m'excuse », répondit le passant d'une voix déplaisante, et ils se détachèrent l'un de l'autre au milieu de la foule compacte. Le professeur dirigea ses pas vers la Prétchistenka et oublia aussitôt cette collision.

1. Devenu, depuis 1967... place du Cinquantenaire de la Révolution d'Octobre. Mais seuls ou presque les receveurs d'autobus se sont pliés à ce sacrilège.

VII

ROKK[1]

Les vaccinations pratiquées à Lefortovo avaient-elles réellement été suivies de résultats positifs ? Les équipes de barrage placées à Samara[2] s'étaient-elles signalées par leur efficacité ? Les mesures énergiques prises à Kalouga et Voronèje contre les accapareurs d'œufs avaient-elles été couronnées de succès ? Le travail de la Commission extraordinaire de Moscou avait-il porté ses fruits ? Nul ne pouvait le dire, mais un fait était certain : quinze jours après la dernière entrevue entre Persikov et Alfred, en ce qui concerne les poules, l'Union était parfaitement nettoyée. Çà et là dans les courettes des petites villes de province traînaient encore quelques plumes abandonnées, qui faisaient monter les larmes aux yeux, et dans les hôpitaux finissaient de se remettre les derniers gloutons, affligés de vomissements et de dysenterie. Les pertes humaines dans toute la république ne dépassèrent heureusement pas le millier. Il ne s'ensuivit pas non plus de grands désordres. Il se trouva bien à vrai dire, à Volokolamsk, un prophète pour soutenir que l'épizootie avait été provoquée par les commissaires du peuple en personne, mais il n'eut pas un succès considérable. Au marché de la même Volokolamsk on rossa quelques agents

1. Rokk, personnage capital, symbolise le destin. Son nom est d'ailleurs homophone du mot rok qui, en russe, correspond au « fatum » latin (cf., dans le titre, le mot *rokovoï* = « fatidique »).

2. L'actuelle Kouïbychev, la grande ville industrielle au confluent de la Volga et de la Samara.

de police qui enlevaient leurs poules aux paysannes, puis on brisa les vitres du bureau de poste local. Par bonheur, les autorités volokolamskiennes, promptes à réagir, prirent des mesures à la suite desquelles, *primo*, le prophète cessa ses activités, *secundo*, on remit des vitres à la poste.

Parvenu au nord jusqu'à Arkhangelsk et Sioumkine Vysselok, le fléau s'arrêta de lui-même pour la bonne raison qu'il ne pouvait aller plus loin (la mer Blanche, on le sait, n'abritant point de poules). Il s'arrêta également à Vladivostok, car au-delà c'était l'océan. Dans l'extrême sud, il disparut et s'éteignit quelque part dans les étendues grillées par le soleil d'Ordoubal, Djoulfa, et Karaboulak[1].En ce qui concerne l'ouest, il se maintint par une sorte de prodige aux frontières précises de la Pologne et de la Roumanie. Peut-être était-ce dû à la différence de climat, ou au cordon sanitaire établi par les États voisins ; toujours est-il que le fléau n'alla pas plus loin. La presse étrangère commentait avec une bruyante avidité cette catastrophe sans exemple dans l'histoire, tandis que le gouvernement des Républiques soviétiques, sans faire aucun tapage, travaillait sans désemparer. La « Commission extraordinaire de lutte contre la peste des poules » se rebaptisa en « Commission extraordinaire pour le relèvement et la renaissance de l'aviculture dans la République », dont l'effectif atteint le chiffre de seize camarades après l'adjonction de trois nouveaux membres extraordinaires. On fonda la société « Propoule » où entrèrent Persikov et Portugalov, camarades d'honneur du président. Sous leurs portraits apparurent dans les journaux des titres tels que « Achats massifs d'œufs à l'étranger » et « Mister U.S. veut faire échouer la campagne oviphile ». Un article satirique

1. Géographie fantaisiste. Les deux dernières localités sont situées dans le Caucase, à la frontière de l'Iran, alors que la troisième est en Kirghizie, non loin de la Chine.

plein de fiel, signé Koletchkine, connut à Moscou un énorme succès. Il se terminait sur ces mots : « Ne lorgnez pas nos œufs, Mister U.S., vous avez les vôtres ! »

Le professeur Persikov s'était complètement épuisé au travail au cours des trois dernières semaines. Ces histoires de poules lui avaient fait perdre le fil de ses préoccupations, tout en lui infligeant une charge redoublée. Il lui fallait siéger des soirées entières dans des commissions avicoles et de temps à autre endurer de longues conversations avec Alfred Bronski ou le gros homme au pilon. Il dut, avec le professeur Portugalov, le chargé de cours Ivanov et Borngart, disséquer des poules et les examiner au microscope pour y chercher le bacille de la peste ; il dut même pondre en trois soirées une brochure intitulée « Des modifications apportées par la peste au foie des poules ».

C'est sans enthousiasme particulier que Persikov travaillait à cette question, et cela se comprend : sa tête était occupée par un sujet d'une importance autrement capitale, à quoi la catastrophe avicole l'avait arraché, et qui était le rayon rouge. Ruinant sa propre santé, qui n'avait pas besoin de cela pour être ébranlée, dérobant des heures au sommeil et aux repas, ne rentrant pas parfois le soir à la Prétchistenka et dormant sur un canapé en toile cirée dans son bureau de l'Institut, Persikov s'affairait des nuits entières à sa chambre noire et à son microscope.

Vers la fin du mois de juillet, la fièvre s'apaisa quelque peu. Les affaires de la Commission rebaptisée retrouvèrent une intensité normale et Persikov revint à son travail un temps perturbé. Les microscopes furent chargés de préparations nouvelles. Dans la chambre noire, le frai de poisson et de grenouille placé sous le rayon se remit à mûrir avec une rapidité fantastique. Un aéroplane apporta de Kœnigsberg[1] des verres spécialement commandés et, dans les

1. La ville natale de Kant porte aujourd'hui le nom de Kaliningrad.

derniers jours de juillet, des mécaniciens montèrent, sous la surveillance d'Ivanov, deux nouvelles grandes chambres noires où le rayon, à la base, n'était pas plus grand qu'une boîte d'allumettes, mais atteignait dans l'évasement la largeur d'un bon mètre. Persikov se frotta joyeusement les mains et se prépara à de mystérieuses et complexes expériences. Avant toutes choses, il s'entendit par téléphone avec le commissaire du peuple à l'Instruction publique. Le récepteur lui coassa le soutien le plus aimable et le plus complet. Puis Persikov appela, toujours au téléphone, le camarade Ptakha-Porossiouk, qui dirigeait la section élevage de la Grande Commission, et trouva chez ce dernier l'expression de la sympathie la plus vive. Il s'agissait d'une commande importante à passer à l'étranger pour le compte du professeur Persikov. Ptakha l'assura au téléphone qu'il allait sur-le-champ télégraphier à Berlin et à New-York. Puis on s'informa au Kremlin de l'état de ses travaux et une voix imposante aux inflexions caressantes demanda si Persikov n'avait pas besoin d'une automobile.

« Non, merci, je préfère prendre le tramway, répondit-il.

— Et pourquoi donc ? » demanda la voix mystérieuse avec un petit rire d'une condescendante bienveillance.

D'une façon générale, on s'adressait à Persikov soit avec un respect mêlé d'épouvante, soit avec de petits rires affables, comme on en use avec un jeune enfant, quoiqu'il fût déjà grandelet.

« Il va plus vite », expliqua Persikov, ce à quoi la voix de basse lui répondit : « C'est comme vous voudrez. »

Une semaine passa encore, pendant laquelle Persikov, s'éloignant de plus en plus des questions de poules en voie d'apaisement, se plongea tout entier dans l'étude du rayon. L'épuisement et les nuits sans sommeil avaient rendu sa tête plus claire, comme transparente, et toute légère. Des cernes rouges ne quittaient plus maintenant ses yeux, et presque chaque nuit il couchait à l'Institut. Il délaissa une seule fois son asile zoologique pour aller faire, dans l'énorme salle de la « Tsékoubou[1] », rue Prétchistenka, une conférence sur son rayon et son action sur les ovules. Ce fut un immense triomphe pour le fantasque zoologue. Les applaudissements étaient tels que des morceaux de plafond s'émiettaient et s'écroulaient dans la salle à colonnes, où les tubes à arc grésillants illuminaient les smokings noirs des tsékoubistes et les robes blanches des femmes. Sur une table en verre, à côté de l'estrade, une grenouille était exposée sur un plat. Sa teinte virait au gris et elle respirait lourdement ; elle était aussi grosse qu'un chat. On jetait sur l'estrade des billets pliés en quatre. Sept d'entre eux étaient des déclarations d'amour, que le savant déchira. Le président du Tsékoubou avait le plus grand mal à traîner sur la scène Persikov, qui saluait de mauvaise grâce. Ses mains étaient moites de sueur et sa cravate pendait non sous son menton, mais sous son oreille gauche. Il voyait devant lui, dans un brouillard chargé de souffles humains, des centaines de visages jaunes et de plastrons blancs, lorsque, quelque part derrière une colonne blanche, passa soudain et disparut l'étui jaune d'un pistolet. Persikov le remarqua vaguement et l'oublia aussitôt. Mais, alors qu'il s'en allait après la conférence et descendait l'escalier au tapis framboise, il se sentit soudain mal. Le lustre étincelant du hall fut un instant voilé de noir et Persikov éprouva en lui comme une nausée. Il sentit une odeur de brûlé et eut l'impression que du sang coulait sur son cou, chaud et visqueux. Le professeur se rattrapa à la rampe d'une main tremblante. De toutes parts des voix alarmées fondirent vers lui.

1. Édifice groupant des salles de rencontre et de conférences à l'usage des savants et chercheurs moscovites.

« Vous n'êtes pas bien, Vladimir Ipatytch ?
— Si, si, répondit Persikov qui se remettait. Simplement je suis éreinté, c'est cela... Donnez-moi donc un verre d'eau, je vous prie. »

★

C'était un jour d'août très ensoleillé. Comme il gênait le professeur, on avait baissé les stores. Un projecteur à pied flexible jetait un pinceau de lumière crue sur la table en verre encombrée d'instruments et de miroirs. Le dossier du fauteuil à vis rejeté en arrière, Persikov à bout de forces fumait, fixant à travers les volutes de fumée le regard de ses yeux morts de fatigue, mais cependant satisfaits, sur la porte entrouverte de la chambre noire où, échauffant légèrement l'air déjà étouffant et impur du bureau, reposait paisiblement le faisceau de son rayon rouge.

On frappa à la porte.

« Qu'est-ce que c'est ? » demanda Persikov.

La porte gémit doucement et Pancrate entra. Les mains le long du corps, pâle de terreur devant la divinité, il s'exprima en ces termes :

« Monsieur le professeur, Rokk est là qui demande à vous voir. »

Un semblant de sourire apparut aux commissures des lèvres du savant. Il plissa ses petits yeux et prononça :

« Voilà qui est intéressant. Mais je suis occupé.
— Ce monsieur dit qu'il est muni d'un papier officiel du Kremlin.
— Le destin avec un papier officiel[1] ? Voilà une combinaison peu banale », fit Persikov et il ajouta : « Eh bien, vas-y, fais-le venir.

1. On se souvient que le nom du visiteur — Rokk — et « rok » (« le destin ») sont homophones en russe (cf. note 1, p. 60).

— À vos ordres», répondit Pancrate et, telle une anguille, il disparut derrière la porte.

Une minute plus tard, la porte grinça à nouveau et un homme apparut sur le seuil. Persikov fit couiner son fauteuil à vis et, les yeux au ras de l'épaule, fixa le nouvel arrivant par-dessus ses lunettes. Il avait beau être à cent lieues de la vie pratique et se désintéresser d'elle, une chose lui sauta tout de même aux yeux : l'homme qui venait d'entrer présentait une caractéristique fondamentale : il avait un aspect étrangement démodé. En 1919 cet homme aurait été parfaitement à sa place dans les rues de la capitale, on aurait pu l'y concevoir encore au début de 1924, mais, en 1928, il était franchement insolite. À une époque où même la fraction la plus arriérée du prolétariat — les ouvriers boulangers — portaient déjà des vestons et alors que la vareuse, cette tenue passée de mode, abandonnée définitivement à la fin de 1924, était devenue une curiosité à Moscou, notre homme était vêtu d'une veste de cuir croisée, d'un pantalon vert, il portait des bandes molletières et des brodequins, et, à la ceinture, il avait un énorme pistolet Mauser de fabrication ancienne, dans un étui jaune délabré. Son visage produisit sur Persikov l'impression qu'il produisait sur tout le monde : une impression extrêmement désagréable. Ses yeux minuscules se posaient sur toute chose avec une expression à la fois ahurie et assurée, il y avait quelque chose de désinvolte dans ses courtes jambes terminées par des pieds plats. Son visage rasé avait des reflets bleuâtres. Persikov se renfrogna aussitôt. Il fit grincer impitoyablement la vis de son fauteuil et, regardant le nouveau venu à travers ses lunettes, et non plus par-dessus leur monture, il laissa tomber :

« Vous êtes venu avec un papier ? Alors, où est-il ? »

L'homme était visiblement abasourdi par le spectacle qui s'offrait à sa vue. D'une façon générale, il n'était guère émotif, mais cette fois-ci il était interloqué. Vu l'insistance avec laquelle ses petits yeux détaillaient la bibliothèque, il était clair que c'était elle qui produisait sur lui la plus forte impression, avec ses douze étagères bourrées de livres, qui montaient jusqu'au plafond. Puis, bien sûr, c'étaient les chambres noires où, dans un scintillement infernal, on voyait luire le rayon cramoisi, grossi par les parois de verre des fenêtres de contrôle. Et aussi, Persikov lui-même, noyé dans la pénombre, près du pinceau effilé du rayon qui sortait du réflecteur, avait un aspect suffisamment insolite et majestueux dans son fauteuil à vis. Le visiteur fixa sur lui un regard dont l'assurance était manifestement traversée par des lueurs de respect, et, sans tendre aucun papier, il dit :

« Je suis Alexandre Sémionovitch Rokk !

— Et alors ? Qu'y a-t-il ?

— J'ai été nommé directeur du sovkhoze modèle « Le Rayon rouge », précisa le visiteur.

— Bien, et alors ?

— Je viens vous transmettre une dépêche secrète, camarade.

— Je serais curieux de savoir de quoi il s'agit. Soyez bref, si cela est possible. »

L'homme déboutonna sa veste et en sortit un ordre dactylographié sur une splendide feuille de papier ministre. Il le tendit à Persikov, puis, sans y avoir été invité, il s'assit sur un tabouret à vis.

« Ne heurtez pas la table », dit Persikov, hargneux.

Apeuré, le visiteur se retourna vers la table ; tout au bout de celle-ci, dans une ouverture sombre et humide, on apercevait des yeux qui luisaient d'un éclat sans vie, comme des émeraudes. Leur vue faisait frissonner.

À peine Persikov eut-il lu le papier qu'il se leva et se rua sur le téléphone. Quelques secondes plus tard, il parlait déjà avec précipitation ; il était au comble de l'irritation :

« Enfin, voyons... C'est incompréhensible... Qu'est-ce que ça veut dire ? Je... Et tout ça, sans me demander mon avis, sans me consulter... Ah, çà, il va vous faire du beau travail, c'est moi qui vous le dis ! »

Ulcéré, l'inconnu se tourna vers lui, pivotant sur son tabouret.

« Pardon, commença-t-il, je suis direc... »

Mais Persikov brandit dans sa direction son index recourbé en crochet et continua :

« Permettez ! Je ne puis comprendre... Je dirais même plus, je proteste catégoriquement. Je ne puis sanctionner des expériences faites sur des œufs tant que je n'aurai pas moi-même procédé à des expérimentations... »

On entendit une série de coassements et de petits claquements dans le combiné. Même de loin on comprenait que la voix du téléphone avait adopté le ton indulgent dont on use pour parler aux petits enfants. Pour finir, Persikov, rouge de colère, raccrocha avec fracas et, encore tourné vers le mur, il ajouta :

« Je m'en lave les mains. »

Il revint vers la table, prit le papier qui s'y trouvait, le lut une fois de haut en bas par-dessus ses lunettes, et puis encore une fois de bas en haut à travers celles-ci, et hurla soudain :

« Pancrate ! »

Pancrate apparut dans l'encadrement de la porte, comme s'il surgissait d'une trappe sur la scène d'un opéra. Persikov lui jeta un bref regard et aboya :

« Hors d'ici, Pancrate ! »

Et Pancrate disparut, sans que le moindre signe d'étonnement ne se manifeste sur son visage.

Puis Persikov se tourna vers son visiteur et lui dit :

« À votre aise... Je m'incline. Ce n'est pas mon affaire. Et puis, d'ailleurs, ça ne m'intéresse pas. »

Le visiteur fut moins vexé que stupéfié par les paroles du professeur.

« Je vous demande pardon, fit-il, vous êtes bien... un camarade ?

— Camarade, camarade, vous n'avez donc que ce mot-là sur les lèvres... » grommela Persikov, maussade. Il se tut.

« Sapristi, c'est trop fort », exprima le visage de Rokk.

« Excu...

— Eh bien voilà, je vous en prie, l'interrompit Persikov, voilà le globe avec sa lampe à arc. Vous captez sa lumière en faisant coulisser l'oculaire — Persikov claqua le couvercle de la chambre noire qui ressemblait à un appareil photographique — et vous obtenez un faisceau que vous pouvez concentrer en réglant les objectifs, primo, et, secundo, le miroir — Persikov éteignit le rayon, puis le ralluma sur le fond d'amiante de la chambre noire — et au fond de la caisse, sous le rayon, vous pouvez disposer tout ce que vous voulez et faire des expériences. C'est extrêmement simple, n'est-ce pas ? »

Persikov cherchait à exprimer son ironie et son mépris mais le visiteur ne s'en rendit pas compte ; il fixait attentivement la chambre noire de ses petits yeux brillants.

« Seulement, je vous préviens, continua Persikov, il ne faut pas mettre les mains dans le rayon car j'ai pu observer qu'il provoquait une tuméfaction de l'épithélium... je ne puis malheureusement pas dire encore si elle est d'origine maligne ou non. »

À ces mots, le visiteur cacha prestement sa main derrière son dos, faisant tomber sa casquette de cuir, et regarda les mains du professeur. Elles étaient rongées par la teinture d'iode, la main droite était entourée d'une bande.

« Mais alors, vous, professeur, comment faites-vous ?

« Vous pouvez acheter des gants en caoutchouc chez

Schwabe sur le Kouznetski Most[1], répondit le professeur avec humeur. Je ne suis pas tenu de m'en occuper. »

Persikov dévisagea alors son interlocuteur; on eût dit qu'il l'examinait à la loupe :

« Au fait, d'où sortez-vous ? Et puis d'ailleurs qu'est-ce que vous voulez en faire, de mon rayon ? »

Rokk finit par se sentir vexé pour de bon.

« Permett...

— Car enfin, il faudrait tout de même que je sache de quoi il retourne ! Pourquoi vous êtes-vous toqué de ce rayon ?...

— Parce qu'il s'agit d'une affaire de la plus grande importance...

— Aha... de la plus grande importance ? Alors, dans ce cas... Pancrate ! »

Et lorsque Pancrate apparut :

« Attends, je vais réfléchir un peu. »

Et, l'air soumis, Pancrate disparut.

« Il y a une chose que je n'arrive pas à comprendre, dit Persikov, à quoi bon cette précipitation et tout ce mystère ?

— Alors, là, professeur, vous me sidérez, répondit Rokk, vous n'ignorez tout de même pas que toutes les poules du pays ont crevé, pas une n'en a réchappé.

— Et alors, qu'est-ce que ça change ? hurla Persikov, vous voulez peut-être les ressusciter en un clin d'œil, par hasard ? Et pourquoi utiliser un rayon qui n'a même pas encore été étudié ?

— Camarade professeur, rétorqua Rokk, vous m'époustouflez, ma parole. Je vous dis qu'il est indispensable de

1. Littéralement : « le Pont des Maréchaux ». Jusqu'au début du XIXe siècle, la majeure partie de cette rue moscovite — aménagée dans l'ancien Faubourg des Maréchaux-ferrants — était occupée par un pont de 120 mètres de long qui enjambait la Néglinnaïa, dont le cours a été recouvert en 1817-1819. Le pont et la rivière ont disparu, le nom est resté.

relancer l'élevage des poules dans le pays car, à l'étranger, on écrit toutes sortes de saletés sur notre compte. Voilà.

— Et alors ? Laissez-les écrire, quelle importance ?

— Eh bien, dites donc ? répliqua Rokk avec un hochement de tête énigmatique.

— J'aimerais bien savoir qui a eu l'idée de produire des poules en irradiant des œufs...

— Moi, répondit Rokk.

— Ouais... Bon... Et pour quelle raison, voudriez-vous me le dire ? Comment avez-vous eu connaissance des propriétés du rayon ?

— J'ai assisté à votre conférence, professeur.

— Je n'ai encore fait aucune expérience sur des œufs ! J'en suis encore aux préparatifs !

— Ça marchera, je vous le jure, dit Rokk d'un ton devenu brusquement persuasif et chaleureux, votre rayon est tellement fameux qu'il vous ferait sortir des éléphants et pas seulement des poussins.

— Dites voir, s'enquit Persikov, vous n'êtes pas zoologue, non ? Dommage... vous feriez un expérimentateur des plus audacieux... Oui... Seulement voilà, vous risquez de récolter un échec... et pendant ce temps-là, moi, je perds mon temps...

— Nous vous rendrons vos chambres noires. Ce n'est pas une affaire !

— Quand ?

— Eh bien voilà, quand j'aurai fait éclore un premier lot d'œufs.

— Il faut que vous soyez bien sûr de vous pour parler de la sorte ! Parfait. Pancrate !

— J'ai des hommes avec moi, dit Rokk, et aussi des gardes. »

Le soir, le bureau de Persikov semblait vide... Sur les tables, il ne restait rien. Les hommes de Rokk avaient emporté les trois grandes chambres noires, ne laissant au professeur que la petite, la première en date, celle avec laquelle il avait commencé ses expériences.

Par cette soirée de juillet, le crépuscule approchait. Envahissant l'Institut, des flots de grisaille se répandaient à travers ses corridors. Un pas monotone résonnait dans une salle. C'était Persikov qui arpentait son bureau. Il n'avait pas allumé la lumière et cheminait entre la porte et la fenêtre de la vaste pièce. Chose étrange, ce soir-là, une mélancolie inexplicable s'était abattue tant sur les humains qui résidaient à l'Institut que sur les animaux qui le peuplaient. Pour une raison inconnue, les crapauds unirent leurs voix en un chœur particulièrement plaintif, débitant des chapelets de coassements funestes et prémonitoires. Pancrate dut cavalcader à travers les corridors pour donner la chasse à une anguille qui s'était enfuie de sa cellule, et, lorsqu'il l'attrapa, l'anguille avait vraiment l'air de fuir droit devant elle comme si c'était le sauve-qui-peut.

Les ténèbres étaient épaisses lorsqu'un coup de sonnette émana du bureau de Persikov. Pancrate apparut sur le seuil. Il vit un spectacle étrange. Le savant se tenait, debout, seul au milieu de la salle; il regardait les tables. Pancrate toussota et se figea dans l'attente.

« Ça y est, Pancrate », dit Persikov, montrant du doigt la table sur laquelle il ne restait plus rien.

Pancrate prit peur. Il lui sembla que, dans la pénombre crépusculaire, les yeux du professeur étaient brouillés de larmes. C'était si inhabituel, si terrible.

« À vos ordres », répondit Pancrate d'un ton pleurard et, au fond de lui-même, il pensait: « J'aimerais mille fois mieux que tu me passes une bonne engueulade. »

« Ça y est, répéta Persikov en crispant ses lèvres, tout à fait comme un enfant à qui on aurait retiré, sans rime ni raison, son jouet préféré.

« Tu sais, cher Pancrate, poursuivit Persikov en se tournant vers la fenêtre, ma femme, celle qui est partie il y a quinze ans, pour devenir chanteuse d'opérette, eh bien, voilà qu'elle est morte, maintenant. Voilà toute l'histoire, mon cher Pancrate. On m'a envoyé une lettre... »

Les crapauds criaient lamentablement, le crépuscule enveloppait le professeur et, dehors, elle était là... la nuit, sur Moscou... çà et là des globes blancs s'allumaient derrière des fenêtres... Décontenancé, Pancrate avait la mort dans l'âme, la peur le maintenait figé au garde-à-vous...

« Va, Pancrate, prononça le professeur avec difficulté, laissant retomber sa main dans un geste las, va te coucher, mon cher, mon bon Pancrate. »

Et la nuit tomba. Sur la pointe des pieds — Dieu sait pourquoi — Pancrate sortit en courant du bureau, arriva en trombe dans le réduit qui lui servait de chambre, fouilla dans un tas de chiffons qui traînaient dans un coin, en sortit une bouteille de bonne eau-de-vie russe et en lampa d'un trait le contenu approximatif d'un verre à thé. Après quoi il mangea un morceau de pain assaisonné de sel, et ses yeux s'égayèrent quelque peu.

Tard dans la soirée, peu avant minuit, Pancrate, nu-pieds, assis sur un banc dans le hall d'entrée dont l'éclairage était parcimonieux, parlait au chapeau melon de service en se grattant la poitrine sous sa chemise d'indienne.

« J'aurais mieux aimé qu'il me tue, parole d'honneur...

— Vraiment ? Il pleurait ? demandait l'homme au melon avec curiosité.

— Parole d'honneur... assurait Pancrate.

— C'est un grand savant, convint le melon, mais tout de même, une grenouille, ça peut pas remplacer une femme.

— Ça non », reconnut Pancrate.

Puis il ajouta, après quelques instants de réflexion :

« Je compte bien faire venir ma bonne femme par ici... C'est vrai, à quoi ça rime qu'elle reste au village ?

Seulement voilà, elle a une sainte horreur de tous ces serpents...

— Pour sûr, c'est une fichue saleté », reconnut l'homme au melon.

Aucun bruit ne parvenait du bureau du savant. D'ailleurs, il n'était pas éclairé. Il n'y avait pas de rai de lumière au bas de la porte.

VIII

Non, vraiment, il n'y a pas de plus beau moment dans l'année que lorsque le mois d'août bat son plein... Et ce, quelle que soit la région où vous vous trouviez... Tenez, par exemple, dans le gouvernement de Smolensk, pour ne citer que celui-là... Chacun sait que l'été 1928 fut tout à fait exceptionnel : il avait plu en temps voulu au printemps, le soleil donnait sa pleine mesure, la récolte était excellente... Dans l'ancien domaine des Chérémétiev les pommes mûrissaient, les forêts resplendissaient de verdure, les champs déployaient leur jaune profond en carrés réguliers... Quant à l'homme, c'est un fait, il s'améliore au contact de la nature. Aussi Rokk aurait-il produit une impression tout de même moins désagréable qu'en ville. Et puis, il ne portait pas sa détestable veste de cuir. Son visage présentait un hâle cuivré, sa chemise d'indienne déboutonnée laissait voir une poitrine couverte d'une épaisse toison brune, un pantalon de grosse toile complétait son habillement. Et aussi, son regard s'était apaisé, adouci.

Dévalant les marches du perron — celui-ci était bordé d'une colonnade à laquelle on avait fixé un écriteau surmonté d'une étoile :

Rokk alla droit vers une camionnette qui venait livrer trois chambres noires acheminées sous bonne garde.

Toute la journée Rokk et ses adjoints s'affairèrent autour desdites chambres qu'ils installèrent dans l'ancien jardin d'hiver — l'orangerie — des Chérémétiev. Le soir, tout était prêt. Sous le plafond vitré brillait un globe de verre dépoli, les chambres étaient installées sur un support de briques, et, actionnant différents déclics, tournant des vis étincelantes, le mécanicien qui était venu avec les chambres alluma le mystérieux rayon rouge au-dessus de la plaque d'amiante qui garnissait le fond des caisses noires.

Rokk se donnait beaucoup de peine. Il montait lui-même à l'échelle vérifier si les fils électriques étaient convenablement posés.

La même camionnette revint de la gare le lendemain. De son ventre jaillirent trois caisses d'un magnifique contreplaqué parfaitement lisse, couvertes d'étiquettes et d'inscriptions en lettres blanches sur fond noir :

« Vorsicht : Eier ! »

« Attention : Œufs ! »

« Pourquoi donc est-ce qu'ils en ont envoyé aussi peu ? s'étonna Rokk ; toutefois, il se mit aussitôt au travail et commença à déballer les œufs. L'opération avait lieu dans l'orangerie ; y participaient : Rokk lui-même, sa femme, Mania, d'une corpulence peu commune, l'ex-jardinier borgne des ex-Chérémétiev, assurant à présent les fonctions universelles de gardien au sein du sovkhoze, un soldat préposé à la garde des lieux, condamné à vivre au sovkhoze, et Dounia, la femme de ménage. C'est qu'on n'était pas à Moscou ; tout, ici, avait un caractère plus simple, plus familial, plus amical. Rokk donnait ses instructions, contemplait amoureusement ces caisses qui lui apparaissaient comme un cadeau si consistant, si imposant dans la douce lumière crépusculaire qui tombait du toit vitré de l'orangerie. Armé de tenailles, le garde, dont le fusil reposait pacifiquement près de la porte, arrachait les agrafes et fracturait les bandes de cerclage métalliques. Cela faisait un beau tapage... La poussière volait. Traînant ses sandales, Rokk s'affairait autour des caisses.

« Faites un peu moins de bruit, je vous en prie », disait-il au garde.

« Faites donc attention. Vous ne voyez donc pas que ce sont des œufs ?

— Ce n'est rien, disait le guerrier campagnard en perçant des trous avec sa vrille, ça va y être tout de suite... »

Et ça craquait de plus belle, et la poussière volait.

Les œufs étaient admirablement emballés : sous le couvercle de bois il y avait une couche de papier paraffiné, puis une couche de papier buvard, puis venait une couche compacte de copeaux et enfin de la sciure à travers laquelle pointaient çà et là les têtes blanches des œufs.

« On voit bien qu'ils ont été emballés à l'étranger, disait amoureusement Rokk en fouillant dans la sciure, c'est quand même autre chose que chez nous.

— Mania, fais donc attention, tu vas les casser.

— Eh quoi, Alexandre Sémionovitch, tu déraillès ? lui répondait son épouse, tu parles d'un trésor. Comme si c'était la première fois que je voyais des œufs ! Oh ! là ! là ! qu'ils sont gros !

— C'est ça, l'étranger, disait Rokk, en mettant les œufs sur une table, rien à voir avec nos œufs de moujiks... Et, si ça se trouve, ce sont rien que des œufs de brahmapoutras, fichtre ! seulement voilà, ils sont allemands, eux...

— C'est bien connu, approuvait le garde, en s'extasiant devant les œufs.

— Seulement, j'arrive pas à comprendre comment ça se fait qu'ils soient si sales, fit Rokk pensif... Mania, surveille l'opération. Ils n'ont qu'à continuer à déballer les œufs, et moi, pendant ce temps-là, je vais au téléphone. »

Et, traversant la cour en direction du bureau du sovkhoze, Rokk alla téléphoner.

★

Le soir, dans le bureau de l'Institut de zoologie, le téléphone se mit à striduler. Le professeur Persikov se passa la main dans les cheveux et s'approcha, hirsute, de l'appareil.

« Qu'y a-t-il ? demanda-t-il.

— Restez à l'écoute, on vous appelle de province, chuinta doucement le combiné, d'une voix féminine.

— C'est bien, j'écoute », dit le professeur, d'un ton dégoûté, dans la bouche noire du téléphone... Il s'y produisit un crépitement, puis une lointaine voix d'homme, vibrant d'inquiétude, lui dit à l'oreille :

« Est-ce qu'il faut les laver, les œufs, professeur ?

— Quoi ? Qu'est-ce que c'est ? Que me demandez-vous ? fit le professeur, irrité[1]. D'où est-ce qu'on me parle ?

— De Nikolskoïé, dans le gouvernement de Smolensk.

— Je n'y comprends rien. Je ne connais pas de Nikolskoïé. Qui est à l'appareil ?

— Rokk, dit sèchement le combiné.

— Quel Rokk ? Ah oui... c'est vous... alors qu'est-ce que vous demandez ?

— Est-ce qu'il faut les laver ?... On m'a envoyé de l'étranger un lot d'œufs de poules...

— Et alors ?...

1. L'irritation du professeur est d'autant plus compréhensible qu'une telle question, posée à brûle-pourpoint et en l'absence de tout contexte, comporte nécessairement une ambiguïté scabreuse en russe : dans la langue populaire le mot « œuf » désigne un élément constitutif de l'anatomie masculine.

— Eh bien, ils sont tout crottés, à ce qu'on dirait...

— Vous devez vous tromper... Comment peuvent-ils être "tout crottés", comme vous dites. Bien sûr, il se peut qu'il soit resté... un petit peu de fiente séchée sur les coquilles... ou quelque chose dans ce genre-là...

— Alors, ce n'est pas la peine de les laver ?

— Évidemment que ce n'est pas la peine... Mais quoi, vous voulez déjà mettre des œufs dans les chambres ?

— C'est exact, j'en mets, répondit le combiné.

— Hem ! fit Persikov.

— Salut ! articula sèchement le combiné ; après quoi il se tut.

— "Salut" », répéta Persikov avec un accent de haine dans la voix, en prenant à témoin son adjoint, le chargé de cours Ivanov : « Comment trouvez-vous cet individu, Piotr Stépanovitch ? »

Ivanov éclata de rire.

« C'est lui ? Je vois d'ici la cuisine qu'il va nous faire avec ses œufs.

— De la m... et rien d'autre, dit Persikov furieux, figurez-vous Piotr Ivanovitch... eh bien soit, c'est un fait, il est fort possible que le rayon ait la même action sur le deutéroplasma de l'œuf de poule que sur le protoplasme des batraciens. Il est fort possible qu'il fasse éclore des poules. Mais ni vous, ni moi, nous ne pouvons dire quelle sorte de poules ce sera ; peut-être bien qu'elles ne vaudront pas un clou, ces poules-là. Peut-être qu'elles crèveront au bout de deux jours. Peut-être qu'elles seront impropres à la consommation ! Est-ce que je peux seulement garantir qu'elles pourront se tenir sur leurs pattes. Peut-être que leurs os se briseront comme du verre. » Persikov fulminait et battait l'air de sa main, les doigts recourbés.

« C'est la pure vérité, approuva Ivanov.

— Vous pouvez garantir, vous, Piotr Stépanovitch, qu'elles seront capables de se reproduire ? Peut-être que ce type va produire une race de poules stériles. Il les développera jusqu'à les rendre aussi grosses que des chiens, mais pour ce qui est de la progéniture, il pourra bien attendre jusqu'à la fin des temps.

— Ça non, impossible de le garantir, reconnut Ivanov.

— Et quel sans-gêne, — poursuivait Persikov, laissant libre cours à son humeur, — ah, il n'y va pas par quatre chemins, celui-là ! Et notez bien que c'est moi qui ai été chargé de l'instruction de cette canaille. — Persikov montra du doigt le papier apporté par Rokk (il traînait sur la table de dissection)... — mais comment pourrais-je assurer l'instruction de cet ignorant alors que moi-même je ne peux rien dire sur ce sujet ?

— Et il n'y avait pas moyen de refuser ? » demanda Ivanov.

Persikov s'empourpra, prit le papier et le montra à Ivanov. L'ayant lu, celui-ci eut un sourire ironique.

« Ouais... fit-il d'un ton plein de sous-entendus.

— Et notez bien que ça fait deux mois que j'attends ma commande : aucune nouvelle. Alors que cet individu-là, on lui a expédié ses œufs sur-le-champ, et puis on lui fait toutes sortes de facilités.

— Il fera chou blanc, Vladimir Ipatievitch. Et, pour finir, on vous rendra tout bonnement les chambres noires.

— Si seulement c'était pour bientôt ; car enfin ils retardent mes expériences.

— Oui, c'est ça qui est ennuyeux. En ce qui me concerne, tout est prêt.

— Vous avez reçu les scaphandres ?

— Oui, aujourd'hui même. »

Persikov se calma quelque peu. Son visage s'anima.

— C'est ça... je crois que nous ferons comme ça : on

pourra fermer hermétiquement les portes de la salle d'opération et nous ouvrirons les fenêtres...

— Bien sûr, approuva Ivanov

— Il y a trois casques?

— Oui. Trois.

— Eh bien alors, c'est parfait... Ce sera donc vous, moi, et puis encore quelqu'un d'autre; on peut le désigner parmi les étudiants. Nous lui donnerons le troisième casque.

— On peut prendre Grinmout.

— C'est celui qui travaille en ce moment avec vous sur les salamandres? hem... oui, il n'est pas mal... toutefois, je vous ferai remarquer qu'au printemps dernier, il n'a pas su me dire comment était faite la vessie natatoire des nudibranches, ajouta Persikov, rancunier.

— Non, il n'est pas mal... C'est un bon étudiant, intercéda Ivanov.

— Il va falloir passer une nuit blanche, à présent, poursuivit Persikov, seulement voilà, Piotr Stépanovitch, vérifiez bien le gaz, c'est qu'on ne sait jamais avec cette bande d'emplâtres. Ils sont capables de vous envoyer n'importe quelle saleté.

— Non, non — et ici Ivanov agitait les mains en signe de dénégation —, je l'ai essayé hier. Il faut leur rendre justice, Vladimir Ipatievitch, c'est un gaz excellent.

— Sur quoi est-ce que vous l'avez essayé?

— Sur des crapauds ordinaires. Un petit filet de gaz suffit pour qu'ils meurent instantanément. Par ailleurs, Vladimir Ipatiévitch, voilà ce que nous allons encore faire: vous n'avez qu'à écrire au Guépéou pour demander qu'on vous envoie un revolver électrique.

— Mais je ne sais pas m'en servir...

— Je m'en charge, répondit Ivanov, sur les bords de la Kliazma j'avais comme voisin un homme du Guépéou... il en avait un et nous nous amusions à faire des cartons... C'est un truc sensationnel. Et simple comme bonjour... Ça ne fait pas de bruit, ça porte à cent pas et ça tue sur le coup. Nous tirions sur les corneilles... À mon avis il n'y a même pas besoin de gaz.

— Hem... c'est une riche idée... tout à fait » — Persikov alla dans le coin de la pièce, décrocha le téléphone et produisit le coassement idoine en actionnant la manivelle...

« Passez-moi la... euh, comment est-ce déjà... la Loubianka[1]... »

★

Les jours étaient d'une torridité infernale. On voyait nettement, au-dessus des champs, chatoyer de lourdes nappes de chaleur transparentes. Mais les nuits étaient merveilleuses, ensorceleuses, smaragdines.

La lune brillait et enveloppait l'ancien domaine des Chérémétiev d'une beauté qui défie toute description. Le palais, transformé en sovkhoze, était phosphorescent, on eût dit qu'il était en sucre ; le parc était plein d'ombres vacillantes, et, dans le clair-obscur des étangs, les rayons obliques de la lune côtoyaient d'insondables ténèbres. Là où régnait le clair de lune, on aurait pu lire sans difficulté les *Izvestia*, à l'exception de la rubrique des échecs, imprimée en tout petits caractères. Mais cela tombe sous le sens, qui donc lirait les *Izvestia* quand la nuit est si belle ?... Dounia, la femme de ménage, se trouvait par hasard dans

1. Peu après la Révolution d'Octobre, les services de la police politique (appelée alors la Tchéka) s'installèrent à l'angle de la rue « Bolchaïa Loubianka » et de la place « Loubianskaïa ». En 1926, la rue et la place prirent le nom de Dzerjinski, le fondateur de la Tchéka. Le nom de Loubianka n'en disparut pas pour autant : en vertu d'une métonymie populaire, il resta invariablement attaché au siège d'une institution dont l'appellation officielle devait singulièrement varier au fil des années (Tchéka, Guépéou, N.K.V.D., M.V.D., M.G.B., K.G.B...)

un bosquet derrière le sovkhoze, et, pure coïncidence, il y avait là aussi, nanti d'une belle paire de moustaches rousses, le chauffeur de la camionnette déglinguée du sovkhoze. Qu'y faisaient-ils? Nul ne le sait. Ils avaient trouvé refuge dans l'ombre peu fournie d'un orme, à même le manteau de cuir du chauffeur, préalablement déployé contre terre. Cependant que dans la cuisine du sovkhoze, à la lueur d'une ampoule électrique, dînaient deux maraîchers, tandis que Mme Rokk, vêtue d'une capote blanche, était assise dans la véranda à colonnade et rêvait en contemplant la lune resplendissante.

À dix heures du soir, lorsque se furent tus tous les bruits du village de Kontsovka, situé au-delà du sovkhoze, le chant tendre et charmant d'une flûte s'éleva dans ce paysage idyllique. Les mots sont beaucoup trop pauvres pour exprimer à quel point il était à sa place parmi ces bosquets et ces vieilles colonnes du palais Chérémétiev. Tandis que résonnait cette mélodie, l'air du duo de la « Dame de Pique », la fragile Lise était là, qui mêlait sa voix à celle de l'ardente Pauline, puis elle s'éleva vers les hauteurs lunaires, comme une vision de cet ancien régime qui, tout ancien qu'il soit, n'en continue pas moins à inspirer une affection infinie, à exercer une fascination qui émeut jusqu'aux larmes.

Avec force trémolos et soupirs, la flûte modula les derniers accords du célèbre duo.

Les bosquets à l'entour étaient comme figés dans une sorte de recueillement, et Dounia, qui avait le charme pernicieux d'une sirène, écoutait en appuyant sa joue contre celle du chauffeur dont le visage mâle était râpeux, hérissé de poils roux.

« Ah çà, il joue bien, le fils de chienne », dit le chauffeur en serrant de son bras viril la taille de Dounia.

Le joueur de flûte n'était autre qu'Alexandre Sémionovitch Rokk, et, il faut lui rendre cette justice, il jouait merveilleusement. Il faut dire que, jadis, il avait été flûtiste professionnel. Jusqu'en 1917 il avait fait partie du célèbre ensemble instrumental du maestro Pétoukhov qui, tous les soirs, emplissait de sons mélodieux le foyer du confortable cinéma « les Rêves enchantés » de la ville de Iékaterinoslav. Mais la grande année 17, qui devait briser bien des carrières, n'épargna pas non plus Alexandre Sémionovitch : un changement radical intervint dans le cours de son existence. Quittant les « Rêves enchantés » et le satin étoilé des tentures poussiéreuses de son foyer, il se jeta à corps perdu dans la tempête de la guerre et de la révolution, non sans avoir troqué sa flûte contre un funeste mauser. Il fut longtemps ballotté au gré des flots ; plusieurs fois il fut rejeté sur le rivage, se retrouvant tantôt en Crimée, tantôt à Moscou ou dans le Turkestan, ou encore même à Vladivostok. Seul un événement comme la révolution pouvait révéler toute la richesse de la personnalité d'Alexandre Sémionovitch. Il était apparu que cet homme était positivement grand et que, de toute évidence, sa place n'était pas au foyer des « Rêves enchantés ». Sans entrer dans les détails, bornons-nous à dire que l'année 1927, qui vient de s'écouler, et le début de l'année 1928 avaient vu notre Alexandre Sémionovitch au Turkestan : il y avait d'abord dirigé la rédaction d'un gigantesque journal, après quoi, en qualité de membre local de la commission économique supérieure, il s'était illustré par les étonnants travaux qu'il avait menés à bien dans le domaine de l'irrigation des sols. En 1928 Rokk arriva à Moscou et obtint un repos hautement mérité. La commission supérieure de l'Organisation dont cet homme à la mise démodée de provincial portait dignement la carte au fond de sa poche, avait reconnu son mérite et lui avait assigné des fonctions paisibles et honorifiques. Hélas ! Hélas ! Pour le malheur de la République, le bouillant cerveau d'Alexandre Sémionovitch ne se mit pas en veilleuse ; à Moscou, Rokk tomba sur l'invention de Persikov : c'est alors que, dans l'intimité de la chambre qu'il occupait à l'hôtel « Paris Rouge », rue Tverskaïa[1], il conçut le projet d'utiliser le rayon de Persikov pour repeupler en un mois les poulaillers de la République. Rokk exposa ce plan devant la commission de l'Élevage, qui lui donna toute son approbation. Peu après, notre homme se présentait chez le fantasque zoologue, muni de la fameuse lettre sur papier ministre.

Déjà, le concert, dont les échos planaient au-dessus du miroir des eaux tranquilles, des bosquets et du parc, touchait à sa fin, lorsque soudain, quelque chose se produisit, qui l'interrompit prématurément : au village de Kontsovka, les chiens qui, vu l'heure qu'il était, auraient dû dormir, se mirent tout à coup à pousser des aboiements insupportables qui, progressivement, se muèrent en un hurlement généralisé et épouvantable. Ne cessant de s'amplifier, ce hurlement se répandit à l'entour, à travers la campagne, et, subitement, dans les étangs, des millions de grenouilles lui firent écho, unissant leurs voix coassantes en un concert tonitruant. Tout cela était si effroyable que, durant quelques instants, on eût même dit que la nuit enchantée, mystérieuse avait perdu son éclat.

Alexandre Sémionovitch laissa sa flûte et sortit dans la véranda.

« Mania. Tu entends ? Saletés de chiens ! Qu'est-ce qui a bien pu les rendre furieux comme ça, à ton avis ?

— Est-ce que je sais, moi ? répondit Mania en regardant la lune.

— Écoute, ma petite Mania, allons jeter un coup d'œil sur les œufs, proposa Alexandre Sémionovitch.

— Ma parole, Alexandre Sémionovitch, tu as complète-

1. Ou rue de Tver. Ancien nom de l'artère principale de Moscou, devenue rue Gorki en 1935.

ment perdu la tête avec tes œufs et tes poules. Repose-toi donc un peu !

— Non, Mania, allons-y. »

Dans l'orangerie le globe lumineux étincelait. Dounia aussi était venue, le visage en feu, les yeux brillants. Alexandre Sémionovitch, avec des gestes pleins de tendresse, ouvrit les hublots de contrôle et tout le monde se mit à regarder à l'intérieur des chambres noires. Sur la plaque blanche d'amiante qui en garnissait le fond, des œufs tachetés, rouge vif, étaient alignés en rangées régulières ; à l'intérieur des chambres régnait le silence, tandis que, plus haut, le globe faisait entendre le doux ronronnement de ses 15 000 bougies...

« Ah, ces poussins que je vais faire éclore ! — disait Alexandre Sémionovitch, enthousiaste, regardant tantôt par les orifices de contrôle latéraux, tantôt par les larges trous d'aération, aménagés sur le dessus des appareils — vous allez voir ça, un peu... Vous pensez peut-être que je n'y arriverai pas ?

— Vous savez, Alexandre Sémionovitch, dit Dounia en souriant, il y a les paysans de Kontsovka qui ont dit que vous étiez l'Antéchrist. Ils disent que vos œufs sont diaboliques ; que c'est un péché de les faire éclore avec une machine. Ils voulaient vous tuer. »

Alexandre Sémionovitch sursauta et se tourna vers son épouse. Son visage était jaune.

« Eh bien, que dites-vous de ça ? Ils sont jolis, les gens d'ici ! Où voulez-vous aller avec un peuple pareil ? Hein ? Mania, il faudra leur organiser une réunion... Demain je ferai venir du personnel compétent du chef-lieu. C'est moi qui leur ferai un discours. D'ailleurs, il va falloir que nous prenions les choses en main ici... Parce que autrement, on se croirait vraiment en pleine brousse...

— Ce qu'ils peuvent être incultes, ces péquenots », dit le

garde qui s'était installé sur sa capote d'uniforme près de la porte de l'orangerie.

Le jour suivant fut marqué par des événements bizarres et inexplicables. Le matin, aux premiers rayons du soleil, les bosquets, qui d'habitude saluaient l'apparition de l'astre du jour par le jacassement intense et ininterrompu de leurs oiseaux, firent à celui-ci un accueil totalement silencieux. Ce détail fut remarqué par tout le monde, absolument. On se serait cru avant un orage. Mais, d'orage, il n'y avait pas la moindre trace à l'horizon. Au sovkhoze, les conversations prirent un tour insolite, leur ton trahissait une attitude ambiguë vis-à-vis d'Alexandre Sémionovitch ; cela était dû surtout à un bruit qui s'était mis à circuler : aux dires d'un bonhomme surnommé « Goître de chèvre », un fauteur de troubles notoire, l'esprit fort du village de Kontsovka, tous les oiseaux se seraient rassemblés en compagnies et, à l'aube, ils auraient pris la poudre d'escampette, en direction du nord, ce qui était franchement stupide. Alexandre Sémionovitch en fut extrêmement contrarié et passa la journée à essayer d'obtenir une communication téléphonique avec la ville de Gratchovka. Lorsque celle-ci fut établie, on lui promit de lui envoyer dans deux ou trois jours une équipe d'orateurs préparés à traiter deux questions : la situation internationale et l'opération « Propoule ».

Le soir aussi devait réserver quelques surprises. Si, le matin, les bosquets s'étaient tus, montrant clairement ce que le silence au milieu des arbres a de désagréable et de suspect, si, à midi, les moineaux avaient déserté la cour du sovkhoze pour déguerpir vers d'autres horizons, vers le soir, le silence se fit sur l'étang de Chérémétievka. Voilà qui était véritablement stupéfiant, car, à quarante kilomètres à la ronde, tout le monde connaissait bien le fameux jacassement des grenouilles de Chérémétievka. À présent, on eût dit qu'elles avaient toutes péri. Aucun coassement ne parvenait plus de l'étang, aucun bruit ne se faisait entendre dans les laîches qui le bordaient. Il faut bien le dire, Alexandre Sémionovitch était complètement démoralisé. On s'était mis à commenter ces événements, et à les commenter de la façon la plus désagréable, c'est-à-dire derrière le dos d'Alexandre Sémionovitch.

« Effectivement, c'est bizarre, dit Alexandre Sémionovitch à sa femme pendant le déjeuner, je n'arrive pas à comprendre quel besoin ont eu ces oiseaux de partir.

— Est-ce que je sais, moi ? répondit Maria. C'est peut-être à cause de ton rayon ?

— Ça alors, Mania, tu es vraiment la dernière des idiotes, répondit Alexandre Sémionovitch, en jetant sa cuiller sur la table, tu es comme les moujiks. Qu'est-ce que le rayon a à voir avec ça ?

— Mais je n'en sais rien. Laisse-moi tranquille. »

Le soir, il se produisit une nouvelle surprise : les chiens de Kontsovka se remirent à hurler, mais, cette fois, cela dépassait tout ce qu'on pouvait imaginer. Sous le clair de lune, la campagne retentissait d'une plainte ininterrompue, de gémissements angoissés et hargneux.

Alexandre Sémionovitch trouva un certain réconfort dans une autre surprise, agréable, celle-là ; c'était dans l'orangerie ; dans les chambres noires, à l'intérieur des œufs, on entendait frapper sans arrêt. Cela faisait toc-toc-toc-toc dans un œuf, puis dans un autre, puis dans un troisième.

Ces petits coups frappés à l'intérieur des œufs résonnaient triomphalement aux oreilles d'Alexandre Sémionovitch. Aussitôt furent oubliés tous les faits bizarres qui s'étaient produits dans les bosquets et sur l'étang... Tout le monde se rassembla dans l'orangerie : et Mania, et Dounia, et le gardien, et le garde, qui avait laissé son fusil près de la porte.

« Eh bien ? Qu'en dites-vous ? demandait Alexandre

Sémionovitch, l'air victorieux. — Ils étaient tous là, penchés vers les portes de la première chambre, l'oreille aux aguets. — Ce sont eux qui frappent avec leur bec, les poussins, poursuivait Alexandre Sémionovitch, rayonnant. Alors, comme ça, je n'arriverai pas à faire éclore ces poussins, d'après vous? On va bien voir, mes amis. — Et, débordant d'enthousiasme, il tapota l'épaule du garde; — je vais vous faire sortir de ces poussins, que vous en serez baba. À présent, il s'agit d'ouvrir l'œil, ajouta-t-il sévèrement. Qu'on me prévienne aussitôt qu'ils commenceront à éclore.

— Entendu», répondirent en chœur le gardien, Dounia et le garde.

Toc... toc... toc... les uns après les autres, les œufs de la première chambre résonnaient d'un petit martèlement fiévreux. À la vérité, le spectacle de cette vie nouvelle qui naissait sous leurs yeux à l'intérieur des minces pellicules luisantes était si intéressant que, tous, ils restèrent encore longtemps, assis sur des caisses vides retournées, à regarder mûrir les œufs cramoisis dans la mystérieuse lumière scintillante. Il était assez tard lorsqu'ils se séparèrent pour aller se coucher; la nuit, verdâtre, s'était déversée sur le sovkhoze et ses environs. Elle était énigmatique, et même, on peut le dire, effrayante, sans doute parce que son silence absolu n'était troublé que par la plainte lancinante, la plainte déchirante des chiens de Kontsovka dont le hurlement inexplicable renaissait continuellement. Qu'est-ce qui pouvait bien les mettre en fureur, ces satanés chiens, ça, personne ne le savait.

Le lendemain matin, une surprise désagréable attendait Alexandre Sémionovitch. Mort de honte, les mains sur le cœur, le garde jurait ses grands dieux qu'il n'avait pas dormi et, pourtant, il n'avait rien remarqué.

«C'est à n'y rien comprendre, assurait le garde, je n'y suis pour rien, camarade Rokk.

— Ah! çà, merci, merci de tout cœur, l'admonestait Alexandre Sémionovitch. Qu'est-ce que vous vous figurez, camarade? Pourquoi est-ce qu'on vous a posté ici? Pour surveiller. Alors dites-moi où ils sont passés. Car enfin, ils sont sortis de leur coquille, non? Donc, ils ont fichu le camp. Donc, vous avez laissé la porte ouverte, et puis vous êtes parti le plus tranquillement du monde. Vous allez me retrouver ces poussins!

— Mais où est-ce que je serais allé? Je connais mon métier, quand même, finit par dire le soldat, vexé, pourquoi est-ce que vous me reprochez des choses que je n'ai pas faites, camarade Rokk?

— Alors, où est-ce qu'ils sont passés?

— Mais enfin, comment voulez-vous que je le sache, fit le soldat, explosant pour de bon, il faudrait peut-être que je les garde à vue, ces poussins, tous autant qu'ils sont? J'ai été préposé à quoi faire? À veiller à ce que personne ne barbote les chambres; alors je la remplis, ma mission. Les voilà, vos chambres. Mais pour ce qui est de donner la chasse à vos poussins, j'y suis pas obligé par la loi. Qui sait comment ils seront, les poussins que vous allez nous faire éclore; peut-être bien qu'on n'arrivera même pas à les rattraper à bicyclette! »

Quelque peu interloqué, Alexandre Sémionovitch grommela encore quelque chose, puis sa colère fit place à de la stupéfaction. C'est qu'effectivement, il y avait là quelque chose de bizarre. Dans la première chambre, celle qu'on avait garnie d'œufs en premier, deux œufs, situés près du point où le rayon prenait naissance, étaient cassés. L'un d'eux avait même roulé sur le côté. Sa coquille gisait sur le fond d'amiante dans le champ du rayon.

« Ça, elle est raide, celle-là, murmura Alexandre Sémionovitch, les fenêtres sont fermées, ils n'ont quand même pas pu s'envoler par le toit! »

Il releva la tête et fixa un point du toit où le vitrage présentait quelques gros trous.

« Mais voyons, Alexandre Sémionovitch, fit Dounia au comble de l'étonnement, comment voulez-vous que ces poussins volent. Ils sont par ici, quelque part... petit... petit... petit... » se mit-elle à crier en regardant dans les coins de l'orangerie, encombrés de pots de fleurs poussiéreux, de morceaux de bois et de tout un bric-à-brac. Mais nulle part, aucun poussin ne répondait à son appel.

Pendant près de deux heures tout le personnel sillonna la cour du sovkhoze à la recherche des poussins délurés, mais ce fut peine perdue. La journée se passa dans un climat d'intense excitation. À la garde des chambres on préposa également le gardien, en renfort : il lui fut impérativement enjoint de regarder tous les quarts d'heure par les fenêtres des chambres et d'appeler Alexandre Sémionovitch dès qu'il apercevrait quelque chose de nouveau. Le garde était assis près de la porte, son fusil entre les genoux, l'air renfrogné. Il était déjà plus d'une heure de l'après-midi quand Alexandre Sémionovitch, épuisé par d'incessantes allées et venues, prit son déjeuner. Ensuite, il fit une petite sieste d'une heure, à l'ombre et au frais, sur l'ancienne ottomane du comte Chérémétiev, puis il but du kvass maison — on le préparait sur place, à partir de biscuits —, après quoi il alla faire un tour dans l'orangerie où il constata que tout était en ordre. Le vieux gardien était à plat ventre sur une natte, et, clignant des yeux, il regardait par le hublot de contrôle de la première chambre. Fidèle au poste, le garde veillait près de la porte.

Mais il y avait aussi du nouveau : les œufs de la troisième chambre, qui avaient été placés en dernier, commençaient à émettre des bruits de succion, des sortes de claquements ; on eût dit qu'il s'en échappait des sanglots.

« Oh ! là ! là ! Comme ils mûrissent, dit Alexandre Sémionovitch, ça alors, pas de doute, ils mûrissent, je le vois bien, cette fois. Tu as vu? fit-il à l'adresse du gardien...

— Oui, c'est une chose singulière», répondit celui-ci, en branlant la tête et sur un ton parfaitement ambigu.

Alexandre Sémionovitch resta accroupi quelques instants près des chambres noires, mais aucune éclosion ne se produisit en sa présence; il se releva, dégourdit ses membres et déclara qu'il ne quittait pas la propriété, mais qu'il allait seulement se baigner à l'étang, et que, s'il y avait quoi que ce soit, il fallait venir le chercher immédiatement. Il fit un saut au palais pour passer dans sa chambre à coucher — elle était meublée de deux lits à sommiers élastiques, garnis d'une literie froissée, le plancher disparaissait sous un monceau de pommes vertes et des montagnes de millet pour les nichées à venir —; là, il s'arma d'une serviette-éponge et, après quelques instants de réflexion, prit aussi sa flûte dans l'intention d'en jouer au-dessus du miroir des eaux à ses moments perdus. Il sortit du palais en courant gaillardement, traversa la cour du sovkhoze et s'engagea dans l'étroite allée de saules qui menait à l'étang. Agitant sa serviette et tenant sa flûte sous son bras, Rokk allait d'un pas vif. Le ciel déversait sa chaleur torride à travers la frondaison des saules. Rokk éprouvait une sensation douloureuse dans tout son corps qui aspirait à se plonger dans l'eau. Il longeait, à présent, des broussailles de bardane, sur sa droite, et, chemin faisant, il cracha sur elles. Aussitôt, dans les profondeurs de cet enchevêtrement inextricable de branchages, un bruissement se fit entendre; on aurait dit que quelqu'un y traînait une poutre. Pendant un bref instant, Alexandre Sémionovitch ressentit un désagréable pincement dans la région du cœur, il tourna la tête vers les broussailles et regarda avec étonnement. Depuis deux jours déjà, il ne parvenait plus aucun son de l'étang. Le bruissement se tut; par-dessus les bardanes apparut, alléchante, la surface de l'étang ainsi que le toit gris de la cabine de bain. Quelques libellules tournoyèrent devant Alexandre Sémionovitch. Déjà, il voulait obliquer vers la passerelle en bois lorsque, tout à coup, le bruissement se fit entendre à nouveau dans la verdure ; il fut accompagné d'un bref sifflement, on aurait dit un jet d'huile et de vapeur qui s'échappait d'une locomotive. Alexandre Sémionovitch dressa l'oreille et se mit à scruter du regard le mur épais des plantes adventices.

« Alexandre Sémionovitch ! — c'était la femme de Rokk qui l'appelait à ce moment précis ; sa blouse blanche apparut, disparut, puis apparut de nouveau parmi les framboisiers. Attends-moi, moi aussi, je vais me baigner. »

En hâte, elle venait vers l'étang ; mais Alexandre Sémionovitch ne lui répondit pas, les yeux rivés sur les bardanes. Un rondin grisâtre et olivâtre avait surgi des broussailles et il s'élevait à vue d'œil. Il sembla à Alexandre Sémionovitch qu'il était parsemé de taches jaunâtres et humides. À force de s'étirer, en se tordant et en frémissant, il finit par dépasser le faîte d'un saule rabougri et noueux... Puis le sommet de ce fût se cassa et s'infléchit un peu : Alexandre Sémionovitch était à présent surplombé par quelque chose qui, par sa hauteur, rappelait les réverbères de Moscou ; seulement, ce quelque chose était à peu près trois fois plus épais que les poteaux en question, et beaucoup plus joli qu'eux, du fait de son tatouage squameux. Encore incapable de rien comprendre, mais déjà glacé d'effroi, Alexandre Sémionovitch leva les yeux vers le haut de l'horrible poteau et, pendant quelques secondes, son cœur s'arrêta de battre. Il lui sembla que, soudain, le gel avait fait irruption au beau milieu de cette journée d'août, et sa vue s'obscurcit à tel point qu'il avait l'impression de regarder le soleil à travers son pantalon d'été.

Il se trouva qu'à l'extrémité du rondin, il y avait une tête. Elle était aplatie, pointue et ornée d'une tache ronde, jaune sur fond verdâtre. Perchés au sommet du crâne, les yeux, étroits, ouverts, sans paupières, avaient une expression glaciale, et, dans ces yeux, on voyait étinceler une haine absolument inouïe. Comme si elle voulait mordre l'air, la tête fit un mouvement saccadé, puis le poteau rentra tout entier dans la bardane ; il ne restait plus que les yeux : sans ciller, ils regardaient Alexandre Sémionovitch. Couvert d'une sueur poisseuse, celui-ci prononça quelques mots, absolument invraisemblables et inspirés par une peur affolante. Il faut dire que ces yeux luisant parmi les feuilles étaient irrésistibles.

« Qu'est-ce que c'est que ces plaisanteries ?... »

Puis il se souvint que les fakirs... oui... oui... l'Inde... le panier d'osier etc. ils charment les serpents...

De nouveau, la tête jaillit et le tronc se mit à sortir des broussailles. Alexandre Sémionovitch emboucha sa flûte, il en tira d'abord un râle strident, puis, suffoquant à chaque instant, il attaqua la valse d'« Eugène Onéguine ». Aussitôt, les yeux, dans la verdure, s'embrasèrent d'une haine implacable pour cet opéra.

« Tu es fou, non, de jouer comme ça en pleine chaleur ? » résonna la voix joyeuse de Mania et, du coin de l'œil, Alexandre Sémionovitch aperçut une tache blanche quelque part sur sa droite.

Puis un cri déchirant traversa tout le sovkhoze, il s'amplifia et jaillit vers le ciel, cependant que la valse se mettait à sautiller comme si elle avait une jambe cassée. La tête s'était élancée hors des broussailles, détournant les yeux d'Alexandre Sémionovitch et semblant se désintéresser de lui. Un serpent d'une dizaine de mètres et de la largeur d'un homme s'était détendu comme un ressort et avait bondi hors des bardanes. Le chemin fut enveloppé dans un nuage de poussière et la valse s'interrompit.

Passant devant le directeur du sovkhoze, le serpent fonça vers l'endroit où, sur le chemin, se trouvait la blouse blanche. Rokk vit très distinctement le teint de Mania devenir cireux, et ses longs cheveux se dresser sur sa tête, comme s'ils étaient en fil de fer, et à plus de trente centimètres de hauteur. Sous les yeux de Rokk, le serpent ouvrit un instant sa gueule, d'où surgit quelque chose qui ressemblait à une fourchette, il attrapa entre ses dents l'épaule de Mania qui s'affaissait dans la poussière; en la happant de la sorte, il souleva Mania à près d'un mètre au-dessus du sol. Celle-ci répéta alors son cri bouleversant d'animal aux abois. Le serpent se tordit en une spirale de plus de dix mètres, sa queue souleva des trombes de poussière et il se mit à serrer Mania. Cette dernière n'émit plus aucun son et Rokk entendait seulement craquer ses os qui se brisaient. Planant très haut au-dessus de la terre, la tête de Mania était maintenant appuyée tendrement contre le cou du serpent. Un flot de sang s'échappait de sa bouche; on voyait dépasser une main broyée avec du sang qui ruisselait de dessous les ongles. Alors le serpent, désarticulant ses mâchoires, ouvrit toute grande sa gueule et, tout d'un coup, enfila sa tête sur celle de Mania et se mit à l'engloutir: on aurait dit un gant dans lequel s'engageait un doigt. Le serpent exhalait dans toutes les directions un souffle si brûlant que Rokk le sentit passer sur son visage, il faillit être balayé d'un coup de queue dans des tourbillons de poussière âcre. C'est à ce moment-là que les cheveux de Rokk blanchirent. Cela commença par la moitié gauche de son crâne, puis la teinte argentée envahit la totalité de sa chevelure noire comme le jais. En proie à une nausée mortelle, il finit par quitter brusquement le chemin et se mit à courir droit devant lui, à l'aveuglette, en poussant un hurlement affreux qui se propagea à tous les échos.

IX

LA MASSE GROUILLANTE

L'agent Chtchoukine, de l'antenne du Guépéou de la gare de Douguino, était un homme très courageux. L'air pensif, il dit à son collègue, un homme roux du nom de Polaïtis :

« Alors, on y va, hein ? Amène la moto — puis, s'adressant à un homme qui était assis, là, sur un banc, il ajouta, après quelques instants de silence : mais posez donc cette flûte. »

L'homme qui était assis sur le banc de la permanence du Guépéou de Douguino tremblait comme une feuille morte. Sans lâcher sa flûte, il fondit en larmes et sanglota bruyamment. Alors Chtchoukine et Polaïtis comprirent qu'il fallait qu'ils retirent la flûte eux-mêmes. Les doigts de l'homme étaient collés à l'instrument. Chtchoukine, qui se signalait par une force extraordinaire — on l'aurait presque pris pour un hercule de foire —, Chtchoukine écarta, l'un après l'autre, les doigts crispés. Après quoi ils posèrent la flûte sur la table.

La scène se passait de bon matin, par un soleil radieux, le lendemain de la mort de Mania.

« Vous allez venir avec nous, dit Chtchoukine à l'adresse d'Alexandre Sémionovitch, vous nous montrerez où c'est arrivé et comment ça s'est passé. »

Mais Rokk, épouvanté, eut un mouvement de recul et se couvrit le visage de ses mains, comme sous le coup d'une vision terrifiante.

« Il faut nous montrer, reprit Polaïtis, d'un ton sec.

— Non, laisse-le. Tu vois bien qu'il n'a pas tous ses esprits.

— Envoyez-moi à Moscou, suppliait Alexandre Sémionovitch, pleurant comme une madeleine.

— Alors, vraiment, vous ne voulez plus du tout retourner au sovkhoze ? »

Mais, pour toute réponse, Rokk se couvrit à nouveau le visage de ses mains et ses yeux s'emplirent d'épouvante.

« Eh bien, c'est entendu, décida Chtchoukine, vous n'en avez pas la force, c'est un fait... Je le vois. Il y a un rapide qui va passer tout de suite, vous n'avez qu'à le prendre. »

Puis Chtchoukine et Polaïtis tinrent un conciliabule, cependant que le gardien de la station donnait de l'eau à Alexandre Sémionovitch qui se mit à boire en claquant des dents, ce qui faisait tinter le gobelet de faïence bleue ébréchée. Polaïtis estimait que rien de ce qu'avait raconté Rokk ne s'était passé et que celui-ci était tout bonnement un malade mental, qu'il avait eu une terrible hallucination. Quant à Chtchoukine, il inclinait à penser qu'un cirque se trouvant présentement en tournée dans la ville de Gratchovka, un boa constrictor s'en était échappé. Entendant leur chuchotement dubitatif, Rokk se redressa. Il avait quelque peu recouvré ses esprits. Les bras tendus, semblable à un prophète biblique, il leur dit :

« Écoutez-moi. Écoutez. Mais pourquoi ne me croyez-vous pas ? Il y était pour de vrai, ce serpent. Et où est ma femme, maintenant ? »

Chtchoukine, silencieux, l'air grave, envoya immédiatement un télégramme à Gratchovka. Sur l'ordre de Chtchoukine, un troisième agent se mit à suivre Alexandre Sémionovitch comme une ombre, il avait mission de l'accompagner jusqu'à Moscou. Quant à Chtchoukine et à Polaïtis, ils préparèrent leur expédition. Ils n'avaient qu'un revolver électrique mais rien que ça, ce n'était déjà pas vilain comme moyen défensif. C'était un modèle de 1927, à cinquante coups, l'orgueil de la technique française de combat rapproché ; il ne portait qu'à cent pas mais il couvrait un champ de deux mètres de diamètre et, à l'intérieur de ce champ, il tuait sur le coup tout organisme vivant. Il était très difficile de manquer sa cible. Chtchoukine fixa le jouet électrique étincelant à sa ceinture, Polaïtis, lui, prit une mitraillette à chargeurs de 25 balles, de modèle courant, et une provision de chargeurs. Et, dans la fraîcheur de la rosée matinale, montés sur la même motocyclette, ils prirent la route en direction du sovkhoze. La moto mit un quart d'heure pour couvrir en pétaradant les quelque vingt kilomètres qui séparaient le sovkhoze de la station du chemin de fer (Rokk avait marché toute la nuit ; à chaque instant, des accès d'une frayeur mortelle le poussaient à se cacher dans le fossé, au milieu des herbes). Le soleil commençait déjà à bien chauffer lorsque, sur une hauteur dominant les méandres de la Top — la rivière locale —, apparut le palais d'albâtre avec sa façade à colonnes, dans son décor de verdure. À l'entour, il régnait un silence de mort. Tout près de l'entrée du sovkhoze les agents doublèrent un paysan qui conduisait une charrette.

Il avançait sans se presser, sa charrette était chargée de sacs, et ils eurent tôt fait de le laisser loin derrière eux. La motocyclette passa le pont et Polaïtis donna un coup de trompe pour appeler quelqu'un. Mais personne ne se manifesta et, nulle part, ils ne purent observer la moindre réaction, à l'exception des chiens de Kontsovka qu'on entendait hurler au loin, fous de rage. Ralentissant, la motocyclette s'approcha du portail flanqué de lions vert-de-grisés. Couverts de poussière, les agents, chaussés de guêtres jaunes, descendirent prestement de la motocyclette qu'ils assujettirent au montant de la grille à l'aide d'une chaîne et d'un cadenas, puis ils entrèrent dans la cour. Ils furent frappés par le silence qui y régnait.

« Ho ! Il y a quelqu'un ? » appela Chtchoukine, d'une voix forte.

Mais personne ne fit écho à sa voix de basse. De plus en plus étonnés, les agents firent le tour de la cour. Polaïtis se renfrogna. Chtchoukine fronçait de plus en plus ses sourcils blonds, son regard avait pris une expression grave. Ils regardèrent dans la cuisine, à travers une fenêtre fermée, et ils virent qu'elle était déserte mais que le plancher y était jonché de débris de vaisselle blanche.

« Tu sais, il s'est vraiment passé quelque chose chez eux. Maintenant, c'est visible. Il a dû arriver une catastrophe », dit Polaïtis.

« Hé ! Il y a quelqu'un ici ? Ho ! » cria Chtchoukine. Seul, l'écho lui répondait sous les voûtes de la cuisine.

« Où diable sont-ils passés ? maugréait Chtchoukine ; il n'a tout de même pas pu les bouffer tous d'un coup. Ou alors ils ont détalé. Entrons dans la maison. »

Sous les colonnes de la véranda, la porte du palais était grande ouverte et l'intérieur de l'édifice était absolument désert. Les agents montèrent jusque dans l'attique, frappant partout, ouvrant toutes les portes, mais ce fut peine perdue et, par le perron désert, ils ressortirent dans la cour.

« Contournons le bâtiment et allons vers les orangeries, ordonna Chtchoukine, nous allons tout fouiller, et puis après nous pourrons téléphoner. Empruntant un sentier couleur de brique, les deux agents du Guépéou longèrent des parterres de fleurs et passèrent dans la cour de derrière ; lorsqu'ils eurent traversé celle-ci ils aperçurent les vitres étincelantes de l'orangerie.

« Attends un peu », chuchota Chtchoukine, dégainant son revolver. Polaïtis tendit l'oreille et dégagea sa mitraillette. Un bruit insolite, très puissant et continu, se faisait entendre dans l'orangerie et quelque part au-delà de celle-ci. On aurait dit qu'il y avait dans les parages une locomotive qui émettait force chuintements. Zaou-zaou...

zaou-zaou... chchch-s-s-s-s... l'orangerie résonnait de sifflements.

« Allez, on y va, mais il s'agit de faire gaffe, cette fois », murmura Chtchoukine, et, tâchant de ne pas faire de bruit avec leurs talons, les deux agents s'approchèrent tout près des parois vitrées et regardèrent à l'intérieur de l'orangerie.

Aussitôt, Polaïtis se rejeta en arrière et son visage devint blême. Chtchoukine ouvrit la bouche et resta pétrifié, son revolver à la main.

L'orangerie tout entière était animée du fourmillement d'une masse grouillante. Sur le plancher de l'orangerie rampaient d'énormes serpents qui se lovaient, se déroulaient, sifflaient et se tordaient, remuant leur tête ou la promenant au ras du sol. Le plancher était jonché de débris de coquilles qui craquaient sous le corps des serpents. Au plafond, un globe électrique d'une puissance énorme dispensait une lumière blafarde, faisant régner dans tout l'intérieur de l'orangerie un éclairage cinématographique d'un effet terrifiant. Par terre, il y avait trois énormes caisses sombres qui ressemblaient à des appareils photographiques. Deux d'entre elles avaient glissé latéralement et se trouvaient en porte-à-faux ; elles étaient éteintes. Mais, à l'intérieur de la troisième, on voyait luire une petite tache d'un cramoisi éclatant. Des serpents de toutes tailles rampaient le long des fils électriques, grimpaient sur les armatures du vitrage et sortaient par les trous du toit. Il y en avait même un qui était suspendu au globe électrique, un serpent tout noir, tacheté, long de plusieurs mètres ; sa tête oscillait juste au-dessous du globe comme un balancier. Au milieu du sifflement on entendait comme un bruissement de hochets ; l'orangerie dégageait une odeur putride insolite, une senteur d'eaux croupissantes. Les agents distinguèrent encore confusément des monceaux d'œufs blancs entassés dans les coins pleins de poussière, et un oiseau étrange et gigantesque, gisant près des chambres noires, immobile, et, enfin, le cadavre d'un homme vêtu de gris à côté d'un fusil, près de la porte.

« En arrière ! cria Chtchoukine et il se mit à reculer en repoussant Polaïtis de sa main gauche et en levant le revolver dans sa main droite. Il eut le temps de tirer neuf ou dix fois ; l'arme émettait des sifflements et lançait des éclairs verdâtres aux abords de l'orangerie. Le bruit s'amplifia terriblement ; le tir de Chtchoukine avait déclenché une folle agitation dans toute l'orangerie ; des têtes plates pointèrent à travers tous les trous du vitrage. Aussitôt, un fracas de tonnerre commença à se répercuter à travers tout le sovkhoze, rebondissant d'un mur à l'autre en une cascade d'échos. Ta-ta-ta-ta-ta, c'est Polaïtis qui tirait en marchant à reculons. Un bizarre bruissement de quadrupède se fit entendre derrière son dos ; tout à coup, Polaïtis poussa un cri affreux en tombant à la renverse. Une créature ressemblant à un lézard d'une taille fantastique — elle était kaki, avec des pattes écartées, une énorme gueule pointue et une queue dentelée — avait jailli du coin d'un hangar et, d'un coup de mâchoires rageur, avait broyé la jambe de Polaïtis, le précipitant à terre.

« Au secours ! » cria Polaïtis, mais déjà son bras gauche était happé par la gueule du monstre et l'on entendit un craquement sec ; il balayait le sol de sa main droite, armée d'un revolver, qu'il essayait vainement de lever. Chtchoukine se retourna et, fiévreusement, tenta d'intervenir. Il réussit à tirer une première fois mais il mit nettement à côté de la cible car il avait peur de tuer son camarade. Une deuxième fois, il tira en direction de l'orangerie parce que entre des têtes de petits serpents, il avait vu surgir une énorme gueule olivâtre ; détendant tout son corps, un serpent gigantesque avait bondi droit vers lui ; c'est alors que Chtchoukine avait tiré, le tuant sur le coup. Puis il avait commencé à sauter et à tourner autour de Polaïtis, qui était déjà à moitié mort entre les mâchoires du crocodile, cherchant à atteindre et à tuer l'abominable reptile sans toucher son collègue. Il y parvint enfin. Le revolver électrique claqua deux fois, répandant à l'entour une lumière verdâtre : le crocodile eut un sursaut, il se détendit, puis se figea, lâchant Polaïtis. Des flots de sang s'échappaient de la manche de celui-ci, jaillissaient de sa bouche ; appuyé sur son bras valide, il tirait sa jambe gauche broyée. Ses yeux perdaient leur éclat.

« Chtchoukine... va-t'en vite », gémit-il d'une voix entrecoupée de sanglots.

Chtchoukine tira plusieurs fois en direction de l'orangerie, faisant voler en éclats quelques vitres. Mais, derrière lui, un énorme ressort olivâtre et flexible s'était détendu, jaillissant d'un soupirail ; traversant la cour qu'il recouvrit un instant — sur toute sa largeur — de son corps de dix mètres de long, il enlaça en un clin d'œil les jambes de Chtchoukine. Celui-ci fut brutalement jeté face contre terre et son revolver étincelant lui échappa des mains. Chtchoukine poussa un cri énorme, puis il suffoqua et son corps disparut bientôt complètement sous les anneaux ; seule, sa tête restait libre. Puis un anneau s'enroula autour de celle-ci, la scalpant littéralement, et la tête éclata. Il ne retentit plus aucun coup de feu dans le sovkhoze. On n'entendait plus qu'un sifflement omniprésent qui avait tout recouvert. Et voici qu'un écho lointain lui répondit, apporté par le vent, c'était un hurlement qui provenait de Kontsovka, mais, à présent, on ne pouvait plus distinguer s'il était d'origine canine ou humaine...

X

LA CATASTROPHE

L'équipe de nuit était au travail à la typographie des *Izvestia*, les globes dispensaient une lumière vive et le gros prote assemblait sur son marbre la deuxième page du journal, celle où les dépêches sont regroupées sous la rubrique « À travers l'Union des Républiques ». Une épreuve attira son regard, il l'examina attentivement à travers son pince-nez et partit d'un gros rire ; il appela les correcteurs et le metteur en page et leur montra cette épreuve. Sur une étroite bande de papier humide on pouvait lire :

« Gratchovka, gouvernement de Smolensk. On signale l'apparition, dans le district, d'une poule atteignant à peu près la taille d'un cheval et ruant comme un étalon. En guise de queue elle porte des plumes semblables à celles qu'utilise la mode féminine bourgeoise. »

Les typographes étaient secoués d'un rire homérique.

« De mon temps, dit le prote en riant à gorge déployée, quand je travaillais chez Vania Sytine au *Rousskoïe Slovo*, on prenait bien des cuites éléphantesques, ça, c'est vrai. Mais voilà que maintenant on en arrive aux autruches[1]. »

Et les typographes se tenaient les côtes.

« C'est ma foi vrai, il s'agit bien d'une autruche, dit le metteur en page ; alors, qu'est-ce qu'on met, Ivan Vonifatiévitch ?

— Mais voyons, tu n'es pas fou ? répondit le prote, je

1. Il y a dans cette phrase un jeu de mots difficilement traduisible qui porte sur une expression imagée, utilisée fréquemment dans la langue familière pour désigner le dernier degré de l'ivresse (littéralement : « se soûler jusqu'à en voir des éléphants »).

m'étonne que le secrétaire l'ait laissé passer... C'est une dépêche d'ivrogne, tout bonnement.

— Ils ont dû faire la fête, y a pas de doute », reconnurent les typographes, et le metteur en page retira du marbre la nouvelle concernant l'autruche.

Aussi les *Izvestia* du lendemain, qui, certes, apportaient comme à l'accoutumée, une masse d'informations intéressantes, ne contenaient-elles aucune allusion à l'autruche de Gratchovka. Le chargé de cours Ivanov, lecteur assidu des *Izvestia*, jeta un bref coup d'œil sur le journal, dans son bureau, puis il le froissa, bâilla et dit : « Rien d'intéressant » ; après quoi il entreprit de passer sa blouse blanche. Quelque temps après, dans son bureau, les becs Bunsen s'allumèrent et les grenouilles se mirent à coasser. En revanche, dans le bureau de Persikov, tout était sens dessus dessous. Terrorisé, Pancrate se tenait au garde-à-vous.

« J'ai compris... à vos ordres », disait-il.

Persikov lui remit un pli scellé avec des cachets de cire et lui dit :

« Tu vas aller tout droit au département de l'Élevage voir ce fameux directeur Ptakha et tu vas lui dire tout de go que c'est une crapule. Dis-lui que ce sont les mots que j'ai employés, moi, le professeur Persikov. Et remets-lui le pli. »

« Eh bien, c'est gai, ça... » pensa Pancrate, livide, et il s'éclipsa avec le pli.

Persikov était hors de lui.

« Ça n'a pas de nom, maugréa-t-il en arpentant son bureau et en frottant l'une contre l'autre ses mains gantées, c'est un outrage sans précédent, pour moi, pour la zoologie, nous sommes bafoués. On importe des tonnes de ces maudits œufs de poules, et pendant ce temps-là, moi, ça fait deux mois que je bataille pour obtenir les livraisons indispensables. Comme si c'était long de les faire venir d'Amérique ! C'est toujours le même bazar, la même incurie, — il se mit à compter sur ses doigts : — pour la capture... il faut... disons, dix jours tout au plus... mettons quinze... mettons même vingt ; pour le transport en avion il faut deux jours, plus un jour de Londres à Berlin, plus six heures de Berlin jusqu'ici... c'est un scandale innommable... »

Il se jeta rageusement sur le téléphone et demanda une communication.

Dans son bureau tout était prêt pour des expériences mystérieuses et extrêmement périlleuses, il y avait du papier découpé en bandes pour calfeutrer les portes, il y avait des casques de scaphandriers avec tuyaux d'évacuation et quelques bouteilles de gaz qui brillaient comme du mercure et qui portaient des étiquettes revêtues d'inscriptions telles que « Prochim », « défense de toucher », ou représentant une tête de mort sur deux tibias croisés.

Il fallut au moins trois heures au professeur pour se calmer et pour procéder à l'exécution de tâches courantes. Mais une fois calmé, une fois absorbé par son travail, il resta à l'Institut jusqu'à onze heures du soir ; aussi n'avait-il aucune idée de ce qui se passait au-delà des murs crème de son bureau. Il ne sut rien de la rumeur absurde — une invraisemblable histoire de serpents — qui s'était répandue comme une traînée de poudre à travers tout Moscou, ni de l'étrange dépêche, claironnée par le journal du soir ; et ce, parce que la seule personne qui aurait pu lui apprendre cette nouvelle, le chargé de cours Ivanov, était au Théâtre d'Art, en train de voir *Fiodor Ivanovitch*[1].

Persikov regagna son appartement de la Prétchistenka vers minuit. Il se coucha et lut encore, avant de s'endormir, un article anglais du *Bulletin zoologique* qu'il avait reçu de Londres. Voici qu'enfin il dormait de même que dormait à l'entour toute la ville de Moscou, qui était restée en

1. *Le Tsar Fiodor Ivanovitch*, pièce d'Alexis Tolstoï (1817-1875).

effervescence jusqu'à une heure avancée de la nuit ; seul veillait, sur la rue Tverskaïa, au fond d'une cour, un énorme bâtiment noir qui vibrait tout entier du vrombissement terrible des rotatives des *Izvestia*. Dans le bureau du prote, il régnait une confusion et un charivari invraisemblables. Hors de lui, les yeux injectés de sang, au comble de l'agitation, il ne savait que faire et envoyait vertement promener tout le monde. Le metteur en page le suivait et, l'oreille basse, il lui disait :

« Mais voyons, Ivan Vonifatiévitch, ce n'est pas un drame, il n'y aura qu'à sortir un supplément spécial demain matin. On ne va tout de même pas retirer le numéro des presses.

Les linotypistes n'étaient pas rentrés chez eux, ils erraient par petits groupes, et s'agglutinaient pour lire les dépêches, qui désormais ne cessaient d'arriver, au fil de la nuit, à raison d'une tous les quarts d'heure ; elles devenaient de plus en plus monstrueuses, de plus en plus insolites. Dans l'éblouissante lumière rose qui inondait la typographie, on voyait passer le chapeau coniforme d'Alfred Bronski cependant qu'apparaissait çà et là, grinçant et traînant la patte, l'obèse articulé. À l'entrée de l'immeuble, les portes ne cessaient de claquer, les reporters se succédaient tout au long de la nuit. Les douze téléphones de la typographie n'arrêtaient pas de sonner et, presque automatiquement le standard répondait « occupé », « occupé », aux appelés énigmatiques, cependant que les standardistes, privées de sommeil, entendaient inlassablement corner devant leur nez les signaux acoustiques.

Les linotypistes se pressaient autour de l'obèse articulé et le capitaine au long cours leur disait :

« Il va falloir envoyer des aéroplanes avec du gaz.

— Pas moyen de faire autrement, répondaient les linotypistes, c'est qu'on n'a jamais vu une chose pareille. » Suivait alors une cascade de jurons orduriers qui semblaient rebondir de bouche en bouche, puis une voix criarde s'éleva :

« Il faudrait le fusiller, ce Persikov.

— Persikov n'y est pour rien, répondaient des voix dans la grappe humaine, s'il y a quelqu'un à fusiller, c'est bien ce fils de chienne du sovkhoze.

« Il fallait les faire garder, ces œufs, cria quelqu'un.

— Peut-être même que ça n'a rien à voir avec les œufs. »

L'édifice tout entier vibrait et résonnait du vrombissement des rotatives, et on avait l'impression que la bâtisse grise et peu esthétique était dévorée par les flammes d'un incendie électrique.

Loin de l'arrêter, la venue du jour ne fit que l'amplifier alors même que l'éclairage électrique était éteint. Dans la cour goudronnée c'était un défilé ininterrompu de motocyclettes et de voitures. Toute la ville de Moscou était debout, tout de blanc habillée par les feuilles du journal qui, tels des oiseaux, s'étaient posées sur elle. Les feuilles se répandaient et bruissaient dans toutes les mains, et, vers onze heures du matin, les marchands de journaux n'avaient déjà plus rien à vendre bien que, ce mois-ci, les *Izvestia* fussent tirées à un million et demi d'exemplaires. Le professeur Persikov quitta la Prétchistenka en autobus et arriva à l'Institut. Une surprise l'y attendait. Dans le hall d'entrée, il y avait trois caisses en bois, soigneusement cerclées de bandes métalliques et constellées d'étiquettes étrangères rédigées en langue allemande ; celles-ci étaient surmontées d'une unique inscription en russe, tracée à la craie : « Attention — œufs. »

Une joie intense envahit le professeur.

« Ah, enfin, s'écria-t-il, Pancrate, ouvre immédiatement les caisses, et fais attention de ne rien casser. Apporte-les dans mon bureau. »

Pancrate s'exécuta instantanément et, un quart d'heure

plus tard, dans le bureau jonché de sciure et de lambeaux de papiers, la voix du professeur tonna soudain.

« Mais enfin, est-ce qu'ils se fichent de moi, par hasard — hurlait-il en brandissant les poings ; il tournait et retournait les œufs dans ses mains —, ce Ptakha, en fait d'oiseau, c'est plutôt une espèce de porc[1]. Je ne vais pas les laisser se moquer de moi. Qu'est-ce que c'est que ça, Pancrate ?

— Des œufs, répondit Pancrate, amer.

— Des œufs de poules, comprends-tu. Qu'ils aillent à tous les diables ! J'en ai rien à faire, moi, des œufs de poules. Ils n'ont qu'à les expédier à cette canaille du sovkhoze ! »

Persikov se précipita vers le coin du téléphone mais il n'eut pas le temps de téléphoner.

« Vladimir Ipatiévitch, Vladimir Ipatiévitch ! » c'était Ivanov qui, d'une voix de stentor, l'appelait du couloir de l'Institut.

Persikov fit volte-face, délaissant le téléphone, et Pancrate plongea sur le côté pour laisser passer le chargé de cours. Celui-ci arriva en trombe dans le bureau sans ôter son chapeau gris qui avait glissé sur sa nuque — ce qui était bien contraire à ses habitudes de parfait gentleman — et brandissant une feuille de journal.

« Vous savez ce qui s'est passé, Vladimir Ipatiévitch ? criait-il en agitant une page intitulée « supplément spécial » au milieu de laquelle resplendissait une éclatante illustration en couleurs.

— Non, mais écoutez ce qu'ils m'ont fait, clama Persikov pour toute réponse, sans l'écouter davantage, ils

1. On se souvient que « Ptakha » peut se traduire par « Loiselet ». Ce n'est d'ailleurs que la première partie du nom du directeur du département de l'Élevage : la forme complète — Ptakha-Porossiouk (Loiselet-Porcelet) — préfigurait déjà en quelque sorte le jeu de mots du professeur.

n'ont rien trouvé de mieux que de m'envoyer des œufs de poules. Ce Ptakha est un triple idiot, regardez-moi ça ! »

Le visage d'Ivanov se décomposa. Il prit une expression hagarde. Épouvanté, il regarda fixement les caisses ouvertes, puis la feuille de journal, et alors, ce fut comme si ses yeux allaient jaillir de leurs orbites.

« Alors, c'était donc ça, murmura-t-il, le souffle coupé, je comprends à présent... Non, mais, Vladimir Ipatiévitch, regardez seulement — et, aussitôt il déploya le journal et, de ses doigts tremblants, montra à Persikov la reproduction en couleurs. On y voyait un serpent olivâtre, tacheté de jaune, une sorte d'abominable manche à incendie, qui se tortillait sur un étrange fond de verdure floue. Il avait été photographié en vue plongeante, du haut d'un aéronef léger qui l'avait survolé prudemment. Qu'est-ce que c'est, d'après vous, Vladimir Ipatiévitch ? »

Persikov releva ses lunettes sur son front, puis il les rabaissa sur ses yeux, regarda attentivement l'illustration et dit, au comble de l'étonnement :

« Qu'est-ce que c'est que cette histoire. C'est un... mais oui, c'est un anaconda, un boa d'eau... »

Ivanov fit tomber son chapeau d'un geste brusque, il s'affaissa sur la table et dit, ponctuant chaque mot d'un coup de poing sur la table : « Vladimir Ipatiévitch, c'est un anaconda du gouvernement de Smolensk. C'est quelque chose de monstrueux. Vous comprenez, cette canaille a fait éclore des serpents en guise de poules et, rendez-vous compte, ils ont eu des couvées aussi fantastiques que celles de nos grenouilles !

— Mais qu'est-ce que ça veut dire ? répondit Persikov et son visage se rembrunit... Vous plaisantez, Piotr Stépanovitch, d'où viendraient-ils ? »

Ivanov perdit un instant l'usage de la parole, puis, l'ayant recouvré, il pointa son doigt vers une caisse ouverte où, au milieu de la sciure jaune, brillaient les têtes pâles des œufs et dit :

« Voilà d'où ils viennent...

— Quoi ? ! ! » rugit Persikov qui commençait à comprendre.

Avec la plus entière conviction, Ivanov brandit ses deux poings fermés et cria :

« Vous pouvez en être sûr. Ils ont expédié par erreur votre commande d'œufs de serpents et d'autruches au sovkhoze, tandis qu'à vous, ils vous ont envoyé des œufs de poules.

— Mon Dieu... Mon Dieu », répéta Persikov et, blêmissant, il s'assit sur son tabouret à vis.

Près de la porte, Pancrate était complètement hagard, livide, muet de stupeur. Ivanov se leva d'un bond, saisit la feuille de journal et, soulignant une ligne imprimée de son ongle pointu, il vociféra dans les oreilles du professeur :

« Eh bien, les voilà beaux maintenant !.. Que va-t-il se passer ? Je n'en ai pas la moindre idée, Vladimir Ipatiévitch, jetez donc un coup d'œil — et, criant à tue-tête, il se mit à lire un passage choisi au hasard sur la feuille froissée... "Les serpents avancent en compagnies en direction de Mojaïsk... pondant d'incroyables quantités d'œufs. On signale la présence d'œufs dans le district de Doukhovsk... Des crocodiles et des autruches ont fait leur apparition. Les unités spéciales et les détachements du Guépéou ont mis fin à la panique qui sévissait à Viazma en incendiant les forêts des environs, ce qui eut pour effet d'arrêter la progression des serpents..." »

La pâleur de Persikov tirait sur le bleu, des plaques colorées, de teintes différentes, étaient apparues sur son visage ; avec des yeux déments, il se leva de son tabouret et se mit à crier en suffoquant :

« Un anaconda... un anaconda... un boa d'eau ! Dieu du

ciel ! » Jamais Ivanov ni Pancrate ne l'avaient encore vu dans un tel état.

Le professeur arracha sa cravate d'un seul geste saccadé, il fit sauter les boutons de sa chemise et son visage se colora d'une terrible rougeur apoplectique ; chancelant, les yeux vitreux et vagues, il se précipita hors du bureau. Son hurlement se propagea sous les voûtes de pierre de l'Institut.

« Anaconda... anaconda... » tonnait l'écho.

Rattrape le professeur ! glapit Ivanov à l'adresse de Pancrate qui trépignait de frayeur. Donne-lui de l'eau... Il a une attaque.

XI

FIN DE PARTIE

C'était une nuit démente qui faisait régner sur Moscou un flamboiement électrique. Toutes les lumières étaient allumées et on n'aurait guère pu trouver de logement dont les moindres recoins ne fussent éclairés par des lampes dépouillées de leurs abat-jour. Nulle part, dans cette ville de quatre millions d'habitants, personne ne dormait, à l'exception des enfants en bas âge. Dans les appartements, les gens mangeaient et buvaient à la diable. On y entendait sans cesse de nouvelles exclamations et des visages décomposés regardaient aux fenêtres de tous les étages, fixant le ciel, barré en tous sens par les faisceaux des projecteurs. Sans arrêt, des feux blancs s'allumaient dans le ciel, braquant sur Moscou des cônes lumineux, pâles et évanescents avant de s'éteindre et de disparaître. Le ciel résonnait continuellement du vrombissement des aéroplanes qui volaient à basse altitude. C'était dans la rue Tverskaïa-Iamskaïa[1] que la situation était la plus terrible. À la gare Alexandre[2] des trains arrivaient toutes les dix minutes, formés n'importe comment avec des wagons de marchandises, des wagons de voyageurs de toutes classes et même des wagons-citernes ; tous ces wagons disparaissaient sous une marée humaine ; ces gens fous de peur remontaient la rue Tverskaïa-Iamskaïa, ils couraient en cohortes denses, ils voyageaient en autobus ou sur les toits des tramways, ils se piétinaient, ils passaient sous les roues des voitures. À la gare, on entendait sans cesse le crépitement alarmant des coups de feu tirés au-dessus de la foule : c'était la troupe qui essayait d'arrêter des cortèges de fous pris de panique, qui couraient sur les voies menant du gouvernement de Smolensk à Moscou. À chaque instant, aux fenêtres des wagons, des vitres volaient en éclats avec un léger bruit de sanglots fous tandis que hurlaient toutes les locomotives. Toutes les rues étaient jonchées d'affiches, jetées à terre et foulées aux pieds ; ces mêmes affiches étaient apposées aux murs, éclairées par des réflecteurs cramoisis. Tout le monde les connaissait déjà et personne ne les lisait. Elles annonçaient que la loi martiale était proclamée à Moscou. Elles menaçaient de représailles en cas de panique et signalaient que, les uns après les autres, les détachements de l'Armée Rouge, armés de gaz de combat, se rendaient dans le gouvernement de Smolensk. Mais les affiches ne pouvaient arrêter les mugissements de la nuit. Dans les appartements, on cassait la vaisselle et les pots de fleurs, on courait en se cognant aux angles des murs, on défaisait et refaisait des ballots et des valises, dans

1. Ancien nom de la portion de l'actuelle rue Gorki comprise entre la place Maïakovski et la gare de Biélorussie.
2. Ancien nom de la gare de Biélorussie.

l'espoir insensé de parvenir à gagner la place Kalantchovskaïa[1], la gare de Iaroslavl, la gare Nicolas[2]. Hélas ! toutes les gares menant vers le Nord ou l'Est étaient ceinturées d'une épaisse muraille de fantassins ; et d'énormes camions, dont les chaînes brimbalaient et tintinnabulaient, remplis à ras bord de caisses sur lesquelles étaient perchés des soldats en bonnets pointus, et tout hérissés de baïonnettes, évacuaient les réserves de pièces d'or des caves du Commissariat du Peuple aux Finances ; il y avait aussi d'énormes caisses recouvertes de l'inscription : « Attention. Galerie Trétiakov. » Les camions grondaient et filaient à travers tout Moscou.

Très loin dans le ciel, on voyait vaciller une lueur d'incendie et l'on entendait une canonnade ininterrompue qui ébranlait la noirceur dense de la nuit d'août.

Vers le matin, martelant le pavé de bois de ses innombrables sabots, une armée de plusieurs milliers de cavaliers traversa Moscou où personne ne dormait et où aucune lumière ne s'était éteinte ; elle remonta la rue Tverskaïa, balayant tout sur son passage : les gens se pressaient dans les entrées d'immeubles et contre les vitrines qui cédaient sous la poussée de la foule. Les extrémités des bachlicks cramoisis dansaient sur les dos gris et les pointes des lances étaient dardées vers le ciel. La foule, agitée et hurlante, fut comme revivifiée soudain à la vue de ces rangs qui progressaient de vive force en fendant ce bouillon de démence qui s'était répandu partout. La foule, massée sur les trottoirs, se mit à les acclamer par des mugissements pleins d'espoir.

« Vive la cavalerie ! » criaient des voix féminines, frénétiques.

1. Ou « place du Beffroi » ; c'est l'ancien nom de la place Komsomolskaïa. Beaucoup de Moscovites l'appellent encore ainsi.

2. Ancien nom de la gare de Léningrad.

« Vive la cavalerie ! » reprenaient les hommes.

« Ils vont nous écraser ! ! Ils nous écrasent ! » hurlait-on quelque part.

« Au secours ! » criait-on sur le trottoir.

Des paquets de cigarettes, des pièces d'argent, des montres, jaillissant des trottoirs, se mirent à pleuvoir sur les rangs des cavaliers. Des femmes bondissaient sur la chaussée et, au risque de se briser les os, s'approchaient des flancs de la colonne pour agripper et embrasser les étriers. De temps à autre, les voix des chefs d'escadrons s'élevaient au-dessus du martèlement continu des sabots :

« Serrez la bride. »

On entendait quelque part un chant joyeux et gaillard et, à la lueur vacillante des réclames lumineuses, on voyait, sous les bonnets crânement posés sur l'oreille, des visages qui, du haut des chevaux, regardaient la foule. Les rangs des hommes qui chevauchaient à visage découvert étaient entrecoupés d'étranges silhouettes de cavaliers bizarrement masqués. Ils portaient sur leur dos, au-dessous du tuyau d'évacuation de leur masque, des bouteilles d'oxygène, retenues par des courroies. À leur suite roulaient d'énormes camions-citernes équipés de manches et de tuyaux interminables qui les faisaient ressembler à des charrettes de pompiers ; puis venaient des tanks lourds qui, de leurs pattes chenillées, écrasaient les pavés de bois ; leurs carapaces hermétiquement closes étaient percées de minces meurtrières qui brillaient dans la nuit. Les rangs des cavaliers s'interrompaient encore ; venaient alors des véhicules enrobés d'un blindage gris d'où on voyait dépasser les mêmes tuyaux d'évacuation ; sur leurs flancs il y avait des têtes de mort peintes en blanc et des inscriptions : « gaz », « Prochim ».

« Sauvez-nous, les gars, gémissaient des voix sur les trottoirs. Tuez les serpents... Sauvez Moscou ! »

Alors un juron obscène courant dans les rangs des

cavaliers, exprimant leur détermination farouche. Les paquets de cigarettes volaient dans l'air nocturne et, du haut de leurs chevaux, les cavaliers regardaient la foule affolée en découvrant leurs dents blanches. Un chant sourd et bouleversant se propageait parmi les rangs :

...Pour nous, point d'as, de dames, ni de valets,
Nous materons à coup sûr tous ces serpents...
L'affaire est dans le sac. Passez muscade !

Une cascade de hourras tonitruants se répandit sur toute cette marée humaine ; c'était à cause d'un bruit qui s'était propagé comme une traînée de poudre : à la tête de la colonne, coiffé du même bachlick rouge que tous les autres cavaliers, grisonnant et marqué par les ans, chevauchait le commandant de la gigantesque cavalerie, celui-là même qui, dix ans plus tôt, était entré dans la légende. La foule mugissait et les cœurs désemparés se sentaient un peu réconfortés par cette rumeur qui montait jusqu'au ciel : « Hourra... hourra... »

★

L'Institut était parcimonieusement éclairé. Les nouvelles des événements qui se déroulaient ne parvenaient jusqu'à lui que sous forme d'échos isolés, vagues et confus. À un moment donné, une salve de coups de feu tirés en rafale tonna près du Manège sous l'horloge lumineuse : c'étaient des maraudeurs qu'on fusillait séance tenante ; ils avaient essayé de cambrioler un appartement de la rue Volkhonka. Il passait peu de voitures dans ce secteur, toute la circulation s'était concentrée autour des gares. Persikov était assis dans son bureau, faiblement éclairé par une unique lampe qui rabattait vers la table son cône de lumière ; la tête entre les mains, le professeur se taisait. Des volutes de fumée l'enveloppaient. Dans la chambre noire, le rayon était éteint. Les grenouilles se taisaient dans les terrariums : elles dormaient déjà. Le professeur ne travaillait pas, il ne lisait pas non plus. À côté de lui, sous son coude gauche, il y avait un tirage spécial de dépêches, paru le soir même sur une étroite feuille de journal ; on y annonçait que toute la ville de Smolensk était en flammes et que l'artillerie pilonnait, secteur par secteur, la forêt de Mojaïsk pour détruire les amas d'œufs de crocodiles déposés dans toutes les ravines humides. On annonçait également qu'une opération menée par une escadrille d'aéroplanes dans la région de Viazma avait été couronnée de succès, les appareils ayant inondé de gaz presque tout un district ; mais, dans cette zone, les pertes humaines étaient incalculables car, au lieu de respecter les plans d'évacuation, la population, prise de panique, avait essayé de fuir en ordre dispersé, s'égaillant dans la nature par petits groupes qui couraient droit devant eux, à leurs risques et périls. On annonçait également que, dans le secteur de Mojaïsk, telle division de cavalerie caucasienne l'avait brillamment emporté dans un combat qui l'opposait à des compagnies d'autruches : elle les avait toutes exterminées, après quoi elle avait anéanti de gigantesques dépôts d'œufs d'autruches ; au cours de cette action, la division n'avait eu que des pertes insignifiantes. On annonçait encore, au nom du gouvernement, qu'au cas où il serait impossible de contenir les reptiles au-delà d'un périmètre de 200 kilomètres autour de la capitale, on évacuerait celle-ci dans un ordre parfait ; que les employés et les ouvriers devaient faire preuve du plus grand calme ; que le gouvernement prendrait les mesures les plus impitoyables pour éviter que ne se reproduise l'histoire de Smolensk, où, par suite de la panique provoquée par l'attaque subite de plusieurs milliers de serpents à sonnettes qui avaient déferlé sur la ville, le feu s'était déclaré partout où les gens avaient abandonné leurs fourneaux allumés pour tenter vainement de fuir dans la débandade générale.

On annonçait en outre que Moscou avait encore des vivres pour six mois au moins et que le conseil de l'état-major général prenait des mesures urgentes pour blinder les appartements afin de pouvoir combattre les reptiles dans les rues mêmes de la capitale au cas où les armées rouges, les aéroplanes et les escadrilles ne parviendraient pas à stopper l'invasion des serpents.

Mais le professeur ne lisait rien de tout cela ; les yeux vitreux, il regardait droit devant lui et fumait. À part lui, il n'y avait que deux personnes dans l'Institut, Pancrate et l'économe, Maria Stépanovna qui n'arrêtait pas de pleurer ; c'était déjà la troisième nuit blanche qu'elle passait dans le bureau du professeur qui, pour rien au monde, n'avait voulu quitter l'unique chambre noire qui lui était restée. Présentement, Maria Stépanovna était assise sur un canapé de moleskine dans un coin sombre du bureau, et, sans dire mot, elle se laissait aller à de tristes pensées, les yeux fixés sur la bouilloire posée sur le brûleur à gaz : l'eau du thé du professeur commençait à bouillir. Le silence régnait sur l'Institut. Rien ne laissait prévoir les événements qui suivirent.

Une clameur haineuse retentit tout à coup du côté de la rue, elle fit bondir Maria Stépanovna qui poussa un cri aigu. On vit apparaître des lanternes dans la rue, puis la voix de Pancrate résonna dans le hall d'entrée. Le professeur perçut à peine ce bruit. Il releva un instant la tête et murmura : « Voyez-moi ça, comme ils se démènent... que puis-je faire maintenant ? » Et il retomba dans la même prostration ; mais celle-ci fut de courte durée : elle fut troublée par un effroyable bruit de tonnerre qui émanait des portes bardées de fer de l'Institut, côté rue Herzen ; tous les murs en étaicnt ébranlés. Puis une glace de grande dimension vola en éclats dans le bureau voisin. Dans le bureau de Persikov, une vitre se brisa en miettes avec un tintement sec et un pavé gris jaillit de la fenêtre et démolit une table de verre. Dans les terrariums les grenouilles firent un soubresaut et émirent une clameur. Maria Stépanovna commença à s'agiter et à pousser des cris stridents, elle se précipita vers le professeur, lui saisit les mains et s'écria : « Partez vite, Vladimir Ipatiévitch, enfuyez-vous. » Celui-ci se leva de son tabouret à vis, il se redressa et, un instant, ses yeux recouvrèrent un éclat vif qui rappelait le Persikov de naguère, tandis qu'il répondait, le doigt recourbé en crochet :

« Je n'irai nulle part. C'est ridicule. Ils se démènent comme des possédés... Et où irai-je si tout Moscou a perdu la raison ? Et puis, je vous en prie, cessez de crier. En quoi cela me concerne-t-il ? Pancrate ? » appela-t-il en pressant le bouton de la sonnette.

Il voulait probablement que Pancrate fasse cesser tout ce remue-ménage — d'une façon générale, il détestait toute forme de chahut. Mais Pancrate ne pouvait déjà plus rien faire. Le bruit de tonnerre ne prit fin que lorsque les portes de l'Institut s'ouvrirent. De loin, on entendait claquer des coups de feu, puis un tumulte envahit le bâtiment de pierre de l'Institut : on y courait, on vociférait, on cassait des vitres. Maria Stépanovna s'agrippa à la manche de Persikov et se mit à l'entraîner dans une direction, mais il se dégagea brusquement, se redressa de toute sa hauteur et, tel quel, vêtu de sa blouse blanche, il sortit dans le couloir.

« Eh bien ? » demanda-t-il. La porte du couloir s'était ouverte toute grande et la première chose qui était apparue dans l'encadrement, c'était le dos d'un militaire dont le bras gauche était orné d'un chevron framboise et d'une étoile. À reculons, il franchit la porte vers laquelle se pressait une foule enragée. Il tirait des coups de pistolet. Puis, passant devant Persikov, il s'enfuit à toutes jambes en lui criant :

« Professeur, sauvez-vous, je ne peux plus rien faire. »

Maria Stépanovna accueillit ses paroles par un cri aigu. Persikov était là, debout, telle une statue d'albâtre, tandis que le militaire, qui venait de passer devant lui, filant comme le vent, disparaissait dans l'ombre des couloirs sinueux à l'autre bout de la gloire. Des gens surgirent de la porte en hurlant :

« À mort ! Tuez-le !

— À mort la brute sanguinaire !

— C'est toi qui as lâché les serpents ! »

Dans les couloirs, on voyait danser des visages convulsés de rage, des vêtements déchirés ; quelqu'un tira un coup de feu. On brandissait des bâtons. Persikov recula un peu et barra de son corps la porte d'accès à son bureau où Maria Stépanovna était à genoux par terre, épouvantée. Persikov écarta les bras comme crucifié... Il ne voulait pas laisser entrer la foule et il cria, exaspéré :

« C'est de la folie pure... Vous êtes comme des bêtes enragées. Que voulez-vous ? » puis il rugit : « Fichez-moi le camp ! » et il termina sa phrase par un éclat de voix bien connu de tous : « Pancrate, fiche-les dehors ! »

Mais Pancrate ne pouvait déjà plus chasser personne. La tête fracassée, piétiné et déchiqueté, il gisait, immobile, dans le hall d'entrée ; sans cesse, de nouvelles vagues humaines passaient à côté de lui, s'engouffrant dans l'Institut sans prêter attention aux coups de feu tirés par la milice à partir de la rue.

Un homme de petite taille avec des jambes torses de singe, vêtu d'une veste déchirée et d'un plastron en lambeaux qui avait glissé sur le côté, se détacha de la cohue, se jeta avidement sur Persikov et, d'un terrible coup de bâton, lui fendit le crâne. Persikov chancela et s'affaissa lentement sur le côté. Son dernier mot fut :

« Pancrate... Pancrate... »

En dépit de son innocence, la pauvre Maria Stépanovna fut tuée et mise en pièces dans le bureau du professeur ; la chambre noire, où le rayon était éteint, fut mise en capilotade, de même que les terrariums dont les grenouilles, folles de terreur, furent massacrées et écrasées à coups de talon; les tables de verre et les réflecteurs furent réduits en miettes; une heure plus tard l'Institut flambait et, près de lui, il y avait un amas de cadavres entourés d'un cordon d'hommes armés de revolvers électriques, tandis que des voitures de pompiers, aspirant l'eau des bouches d'incendie, la déversaient en jets par toutes les fenêtres dont s'échappaient de longues flammes mugissantes.

XII

OÙ LE GEL TIENT LE RÔLE DU « DEUS EX MACHINA »

Dans la nuit du 19 au 20 août il se mit brusquement à geler; c'était une chose inouïe, de mémoire d'homme on n'avait jamais vu ça. Une fois installé, le gel se maintint pendant deux jours et deux nuits, atteignant —18°. Au comble de la rage, Moscou ferma portes et fenêtres. Ce n'est qu'au bout du troisième jour que la population comprit que le gel avait sauvé la capitale et les espaces illimités qu'elle contrôlait et sur lesquels s'était abattu le terrible fléau de l'an 1928. Près de Mojaïsk, la cavalerie, qui avait déjà perdu les trois quarts de ses effectifs, commençait à donner des signes d'épuisement et les escadrilles spécialisées dans les attaques au gaz ne pouvaient arrêter la progression des abominables reptiles qui, par l'Ouest, le Sud-Ouest et le Sud, convergeaient en demi-cercle vers Moscou.

Le gel les extermina. Leurs troupeaux abjects ne purent résister deux jours de suite à une température de — 18°. Après le 20 août, lorsque le gel se fut évanoui, les seules traces de son passage étaient une intense humidité dont était gorgée la nature tout entière, une puissante moiteur qui imprégnait l'atmosphère, et l'aspect cadavérique des feuilles des arbres, qui avaient été saisies par la vague de froid inattendue ; il apparut alors qu'il n'y avait plus d'ennemi à combattre. Le fléau avait pris fin. Les forêts, les champs et les marécages immenses étaient encore jonchés d'œufs bigarrés, couverts parfois de dessins étranges, inconnus, jamais vus — ceux-là mêmes que Rokk, dont on avait perdu la trace, prenait pour de la salissure —, mais ces œufs étaient absolument inoffensifs. Ils étaient morts, les embryons qu'ils renfermaient avaient été supprimés.

D'immenses étendues de terrain restèrent encore longtemps couvertes de la pourriture des innombrables cadavres de crocodiles et de serpents, engendrés par le mystérieux rayon qui avait pris naissance rue Herzen sous l'œil attentif du génial savant ; mais, à présent, ils n'étaient plus dangereux ; les fragiles créatures des marécages chauds et putrides des régions tropicales avaient péri en deux jours, ne laissant derrière elles, sur toute la surface de trois gouvernements, que décomposition et putréfaction, dans une effroyable odeur méphitique...

Longtemps il y eut des épidémies, longtemps toutes sortes de maux sévirent massivement parmi la population ; la cause en était la présence de toutes ces charognes de reptiles et des cadavres humains. Longtemps encore, l'armée fut en campagne, mais, à présent, elle n'était plus dotée de gaz de combat, elle était équipée de matériel du génie, de citernes de kérosène et de tuyaux, et elle nettoyait le terrain. Elle mena à bien cette opération de nettoyage et tout fut terminé pour le printemps 1929.

Et au printemps 1929, Moscou se remit à danser, à s'illuminer et à tourbillonner dans un scintillement coruscant et, de nouveau, résonnait le crissement des véhicules automobiles qui avaient recommencé à circuler ; un croissant de lune était suspendu, comme à un fil, au-dessus de la coupole de l'église du Sauveur et, à la place du modeste bâtiment d'un étage de l'Institut, qui avait brûlé au mois d'août 1928, on en avait construit un tout neuf, un vrai palais de la zoologie : son directeur était le chargé de cours Ivanov, il n'y avait plus de Persikov, désormais. Personne ne devait plus jamais voir passer devant ses yeux le crochet persuasif de son index recourbé, ni entendre le son grinçant de sa voix coassante. On parla encore longtemps, dans le monde, du rayon et de la catastrophe de l'an 1928 : ils firent encore couler beaucoup d'encre. Mais ensuite le nom du professeur Vladimir Ipatiévitch Persikov s'enveloppa de brouillard et s'éteignit comme s'était éteint le fameux rayon rouge qu'il avait découvert par une nuit d'avril. Car, ce rayon, on n'avait pas réussi à le reproduire en dépit des essais réitérés auxquels s'était livré un gentleman distingué, Piotr Stépanovitch Ivanov, devenu entre-temps professeur titulaire. La première chambre noire avait été anéantie par la foule déchaînée la nuit du meurtre de Persikov. Les trois autres avaient brûlé à l'intérieur du sovkhoze « Le Rayon Rouge » de Nikolskoïe lors du premier combat livré par une escadrille contre les reptiles, et on n'avait pas réussi à les reconstituer. Aussi simple que parût la combinaison initiale des lentilles et des pinceaux de lumière réfléchie, on n'était pas parvenu à la reproduire, en dépit des efforts d'Ivanov. Visiblement, pour y arriver, il fallait, en plus des connaissances, un petit quelque chose qu'un homme au monde avait été seul à posséder : feu le professeur Vladimir Ipatiévitch Persikov.

Diablerie

Nouvelle où il est raconté
comment deux jumeaux
causèrent la perte d'un secrétaire

traduit par Yves Hamant

L'ÉVÉNEMENT DU VINGT

Tandis que tout le monde sautait d'un emploi à un autre, le camarade Korotkov avait une situation bien assise au GLAVTSENTRBAZSPIMAT[1] (Dépôt central et principal des Matériaux allumettiers), où il occupait une charge de secrétaire titulaire.

Réchauffé au sein du SPIMAT, Korotkov, un blond paisible et doux, avait complètement extirpé de son cœur l'idée qu'il existait en ce bas monde ce que l'on appelle les revers de la fortune ; en revanche, il s'était inoculé la conviction que lui, Korotkov, resterait en place au dépôt jusqu'à l'extinction de la vie sur le globe terrestre. Mais, hélas ! il en fut tout autrement...

Le 20 septembre 1921, le caissier du SPIMAT se coiffa de son horrible bonnet à oreilles, mit dans son cartable une ordonnance de paiement rayée et partit. Il était onze heures du matin.

Le caissier revint à quatre heures et demie de l'après-midi, tout mouillé. En arrivant, il secoua l'eau de son bonnet, posa le bonnet sur la table et, sur le bonnet, son cartable, et il dit :

« Ne poussez pas, messieurs dames. »

1. GLAVTSENTRBAZSPIMAT : c'est une parodie des abréviations de toutes sortes, souvent extravagantes, qui fleurissaient en Russie pendant les années vingt.

Puis il fourragea dans un tiroir de la table à la recherche d'on ne sait quoi, sortit de la pièce et revint au bout d'un quart d'heure avec une poule morte à laquelle on avait tordu le cou. Il posa la poule sur la table et, sur la poule, sa main droite ; puis il laissa tomber ces mots :

« Il n'y aura pas d'argent.

— Demain ? s'écrièrent les femmes en chœur.

— Non — le caissier hocha la tête —, il n'y en aura ni demain, ni après-demain. Ne poussez pas, messieurs dames ; sinon, camarades, vous allez renverser la table.

— Comment ? se récrièrent-ils tous et, parmi eux, le naïf Korotkov.

— Citoyens ! entonna le caissier d'une voix larmoyante en se dégageant de Korotkov d'un coup de coude. Je vous en prie !

— Mais comment ça ? criaient-ils, et, plus fort que tous, ce comique de Korotkov.

— Eh bien ! tenez ! » balbutia le caissier d'une voix enrouée, et, tirant l'ordonnance de paiement de son cartable, il la montra à Korotkov.

Au-dessus de l'endroit que lui désignait le caissier de son ongle sale, on avait écrit de biais à l'encre rouge :

« Solder. Pour le camarade Soubbotnikov : Le Sénat. »

Et en dessous, à l'encre violette :

« Il n'y a pas d'argent. Pour le camarade Ivanov : Smirnov. »

« Comment ? s'écria tout seul Korotkov, tandis que les autres, pantelants, étaient tombés sur le dos du caissier.

— Ah ! Seigneur ! gémit ce dernier, l'air déconfit. Est-ce que j'y suis pour quelque chose ? Grand Dieu ! »

Il fourra en hâte l'ordonnance dans son cartable, se coiffa de son bonnet, glissa son cartable sous son bras, brandit la poule, cria : « Laissez-moi passer, je vous prie ! », et, après avoir ouvert une brèche dans le mur vivant, il disparut par la porte.

La secrétaire chargée de l'enregistrement, blême, courut derrière lui, sur ses hauts talons pointus. Juste à la porte, son talon gauche se détacha en faisant entendre un craquement. La secrétaire chancela, leva le pied et enleva sa chaussure.

Et, un pied nu, elle resta dans la pièce, ainsi que tous les autres et Korotkov parmi eux.

PRODUITS MANUFACTURÉS

Trois jours après l'événement décrit, la porte du bureau particulier où travaillait le camarade Korotkov s'entrebâilla et une tête de femme en pleurs dit rageusement :

« Camarade Korotkov, allez toucher votre salaire !

— Comment ? » s'exclama-t-il de joie, et, en sifflotant l'ouverture de *Carmen*, il courut dans la pièce à l'écriteau « Caisse ». Devant la table du caissier, il s'arrêta et ouvrit la bouche toute grande. Deux épaisses colonnes, constituées de paquets jaunes, s'élevaient jusqu'au plafond. Pour ne répondre à aucune question, le caissier, agité et en sueur, avait fixé au mur avec une punaise l'ordonnance de paiement, sur laquelle se trouvait maintenant une troisième signature, à l'encre verte :

> « Payer en produits manufacturés.
> Pour le camarade Bogoiavlienski : Préobajenski.
> Moi aussi, j'approuve : Kchesinski. »

Korotkov quitta le caissier en arborant un large sourire niais. Il tenait dans ses bras quatre grands paquets jaunes et cinq petits paquets verts et avait dans les poches treize petites boîtes d'allumettes bleues. Dans son bureau, tout en prêtant l'oreille à la rumeur des voix étonnées qui bourdonnaient dans le secrétariat, il emballa les allumettes dans deux immenses feuilles du journal du jour, et, sans rien dire à personne, il se retira du bureau et rentra chez lui. À la sortie du SPIMAT, il faillit passer sous une automobile qui venait de déposer quelqu'un ; mais il n'eut pas le temps de voir qui c'était.

Lorsqu'il fut arrivé chez lui, il étala les allumettes sur la table et recula pour les contempler. Son sourire niais ne quittait pas son visage. Puis Korotkov passa sa main sur son crâne, emmêlant ses cheveux blonds, et se dit à lui-même :

« Eh bien ! Inutile de se lamenter plus longtemps. Essayons de les vendre ! »

Il alla frapper à la porte de sa voisine, Alexandra Fiodorovna, qui était employée au GOUBVINSKLAD[1].

« Entrez ! » répondit une voix sourde à l'intérieur de la pièce.

Korotkov entra et fut frappé d'étonnement. Revenue de son travail avant l'heure, Alexandra Fiodorovna, en manteau et en chapeau, était accroupie sur le sol. Une rangée de bouteilles fermées de bouchons de papier journal et remplies d'un liquide d'un rouge épais se dressait devant elle. Le visage d'Alexandra Fiodorovna était mouillé de larmes.

« Quarante-six, dit-elle, et elle se tourna vers Korotkov.

— C'est de l'encre ?... Bonjour, Alexandra Fiodorovna, laissa tomber Korotkov interdit.

— C'est du vin de messe, répondit la voisine avec un sanglot.

— Comment ? Vous aussi ? s'exclama Korotkov.

1. GOUBVINSKLAD : Entrepôt régional des Vins.

— Vous aussi, vous avez reçu du vin de messe ? s'étonna Alexandra Fiodorovna.

— Nous ? Non. Des allumettes, répondit Korotkov d'une voix expirante et il fit tourner le bouton de sa veste.

— Mais c'est qu'elles ne brûlent pas ! s'écria Alexandra Fiodorovna en se relevant et en secouant sa jupe.

— Comment ça, elles ne brûlent pas ? » s'effraya Korotkov, et il se précipita dans sa chambre. Là, sans perdre une minute, il décacheta un paquet, qui s'ouvrit en craquant, et frotta une allumette. Une lueur verdâtre jaillit, l'allumette se cassa en deux et s'éteignit. Korotkov, suffoqué par l'odeur âcre du soufre, fut pris d'une quinte de toux douloureuse et alluma une deuxième allumette. Celle-ci tira et deux feux en giclèrent. Le premier alla toucher la vitre de la fenêtre, le second atteignit le camarade Korotkov à l'œil droit.

« A-ah ! » cria-t-il, et il fit tomber la boîte.

Pendant quelques instants, il remua les jambes l'une après l'autre comme un cheval fougueux, en pressant la paume de sa main sur son œil. Puis il jeta un regard horrifié sur le miroir devant lequel il se rasait, persuadé qu'il avait perdu un œil. Mais l'œil était à sa place. Certes, il était rouge et versait des larmes.

« Ah ! mon Dieu ! » fit Korotkov consterné, et il tira aussitôt de sa commode un pansement américain, l'ouvrit et l'enroula autour de la moitié gauche de sa tête, ce qui le fit ressembler à un blessé de guerre.

Korotkov n'éteignit pas la lumière de la nuit. Il était allongé et faisait craquer des allumettes. Il en craqua de la sorte trois boîtes et, ce faisant, il réussit à allumer soixante-trois allumettes.

« Elle ment, l'idiote, grommela Korotkov. Ce sont des allumettes excellentes. »

Le matin, la pièce était remplie d'une étouffante odeur

de soufre. À l'aube, Korotkov s'endormit et il eut un affreux cauchemar : il se trouva nez à nez, dans une prairie verte, avec une énorme boule de billard vivante qui avait des pattes. C'était si répugnant qu'il se mit à crier et se réveilla. Pendant encore près de cinq minutes, dans une brume trouble, il lui sembla que la boule était là, à côté de son lit, et qu'il y avait une forte odeur de soufre. Mais tout cela finit par disparaître et, après s'être retourné plusieurs fois, il s'endormit et ne se réveilla plus.

UN CHAUVE EST APPARU

Le lendemain matin, Korotkov écarta son bandage et constata que ses yeux étaient presque guéris. Néanmoins, excessivement prudent, il décida de ne pas l'enlever pour l'instant.

Il arriva à son travail avec un solide retard et, pour ne pas susciter de ragots parmi les employés subalternes, le rusé Korotkov alla directement dans son bureau. Il y trouva un papier sur la table : dans icelui, le directeur de la sous-division des fournitures complémentaires demandait au directeur du dépôt si l'on fournirait un équipement aux dactylos.

Et voilà que, juste à la porte du cabinet, Korotkov tomba sur un inconnu dont l'aspect le frappa.

L'inconnu était si petit qu'il n'arrivait qu'à la ceinture du grand Korotkov. La médiocrité de sa taille était compensée par la largeur extraordinaire de ses épaules. Son tronc carré était posé sur des jambes torses, dont la gauche, de surcroît, était boiteuse. Mais ce qu'il y avait de plus curieux, c'était la tête. Elle avait la forme exacte d'un gigantesque modèle d'œuf, fixé horizontalement sur le cou, le petit bout en avant. Elle était également chauve comme un œuf et avait un tel éclat que des ampoules électriques brûlaient sur le sommet du crâne de l'inconnu sans jamais s'éteindre. Son visage minuscule était rasé de si près qu'il en était tout bleu. De petits yeux verts de la taille d'une tête d'épingle étaient enfoncés dans ses orbites profondes. Le corps de l'inconnu était drapé d'une tunique déboutonnée, taillée dans une couverture grise, qui laissait apparaître une chemise ukrainienne brodée. Ses jambes étaient enfilées dans un pantalon du même tissu, et ses pieds, chaussés de bottes basses échancrées comme en portaient les hussards du temps d'Alexandre Ier.

« Le drôle de type ! », pensa Korotkov, et il se précipita sur la porte de Tchékouchine en essayant d'éviter le chauve. Mais ce dernier, de façon tout à fait inattendue, lui barra la route.

« Que voulez-vous ? » demanda le chauve à Korotkov d'une voix qui fit tressaillir le nerveux secrétaire. Elle ressemblait absolument à celle d'une marmite de cuivre et son timbre était si singulier que quiconque, en l'entendant, sentait à chaque mot, le long de la colonne vertébrale, un fil de fer barbelé. Par-dessus le marché, il sembla à Korotkov que les paroles de l'inconnu dégageaient une odeur de soufre. Et, malgré tout, notre imprévoyant Korotkov fit justement ce qu'en aucun cas il ne fallait faire : il se vexa.

« Hum !... c'est assez étrange. Je porte un papier... Mais, permettez-moi de vous demander qui vous êtes donc.

— Vous voyez ce qui est écrit sur la porte ? »

Korotkov regarda la porte et vit l'inscription depuis longtemps familière : « Défense d'entrer sans se faire annoncer. »

« Je viens justement annoncer quelque chose », répondit bêtement Korotkov en montrant son papier.

Le chauve au tronc carré se fâcha brusquement. Ses petits yeux lancèrent des étincelles jaunâtres.

« Camarade, dit-il en assourdissant Korotkov d'un bruit de casseroles, vous êtes à ce point obtus que vous ne comprenez même pas le sens des inscriptions de service les plus simples. Je m'étonne positivement que vous ayez gardé votre place jusqu'à présent. D'une manière générale, il y a pas mal de choses intéressantes chez vous. Par exemple ces yeux pochés que l'on rencontre à chaque pas. Enfin, ça ne fait rien. Nous y mettrons bon ordre. (« A-ah ! » s'exclama Korotkov à part lui.) Donnez votre papier par ici ! »

En prononçant ces paroles, l'inconnu lui arracha son papier des mains, le lut en un clin d'œil, sortit de sa poche un crayon à copier tout rongé, appliqua le papier contre le mur et inscrivit quelques mots.

« Rompez ! » gueula-t-il, et, en tendant le papier à Korotkov, il faillit lui crever son deuxième œil. La porte du cabinet hurla et happa l'inconnu. Korotkov resta pétrifié : Tchékouchine n'était pas dans son cabinet.

Tout penaud, Korotkov ne retrouva ses esprits qu'au bout de trente secondes, lorsqu'il se heurta contre Lidotchka de Runi, la secrétaire personnelle de Tchékouchine.

« A-ah ! s'exclama le camarade Korotkov. L'œil de Lidotchka était entouré exactement du même pansement individuel que le sien, avec la seule différence que les bouts de la bande étaient liés par un nœud coquet.

— Qu'est-ce que vous avez ?

— Ce sont les allumettes ! répondit Lidotchka avec irritation. Les saletés.

— Qui c'est, celui-là ? demanda à mi-voix Korotkov, annihilé.

— Vraiment, vous ne savez pas ? chuchota Lidotchka. C'est le nouveau.

— Comment ? glapit Korotkov. Et Tchékouchine ?

— Il a été chassé hier, dit rageusement Lidotchka, et elle ajouta en pointant son doigt en direction du cabinet :

— Ça, c'est un drôle de zèbre. Un joli coco. De ma vie, je n'ai jamais vu un type aussi infect. Il ne fait que brailler. Il veut nous mettre à la porte !... Espèce de sale slip chauve ! » ajouta-t-elle brusquement. Korotkov en écarquilla les yeux de surprise.

« Comment s'app... »

Korotkov n'eut pas le temps d'achever sa question. Derrière la porte du cabinet, la voix effrayante tonna : « Un courrier ! » Les deux secrétaires se séparèrent et déguerpirent en un clin d'œil. Korotkov courut dans son bureau et, là, il s'assit à sa table et se tint à lui-même ce discours :

« Aïe ! Aïe ! Aïe !... Eh bien ! Korotkov, tu t'es fichu dans de beaux draps... Il faut arranger cette affaire... "Obtus"... Hum !... Il a du culot... Enfin ! Tu vas voir comme Korotkov est obtus. »

Et, d'un clin d'œil, le secrétaire lut ce qu'avait écrit le chauve. Des mots tordus étaient couchés sur le papier :

« Toutes les dactylos et toutes les femmes en général recevront en temps opportun des caleçons de soldat. »

« Ça, c'est enlevé ! » s'exclama Korotkov avec admiration, et il tressaillit de volupté en imaginant Lidotchka en caleçons de soldat. Il sortit sur-le-champ une feuille de papier et, en trois minutes, il rédigea ce qui suit :

« Dépêche téléphonée.

« Au directeur de la sous-division des fournitures complémentaires. Point. En réponse à votre communication N° 1/2 0,15015 (6) du 19, virgule, le GLAVSPIMAT vous informe que toutes les dactylos et toutes les femmes en général recevront en temps opportun des caleçons de soldat. Point. Le directeur, deux points, signature. Le secrétaire, deux points, Bartholomé Korotkov, point. »

Il sonna et dit à Pantaléon, le courrier, lorsqu'il se présenta :

« Porte ça au directeur, pour signature. »

Pantaléon se suça les lèvres, prit le papier et sortit.

Puis, pendant quatre heures, Korotkov resta aux aguets et ne sortit pas de son bureau, de telle sorte que, s'il venait à l'idée du nouveau directeur de faire le tour du bâtiment, il le trouve à coup sûr plongé dans son travail. Mais aucun bruit ne parvenait du terrible cabinet. Une fois seulement, la voix de fonte retentit confusément et menaça de mettre quelqu'un à la porte ; mais qui précisément, Korotkov ne put l'entendre, bien qu'il eût collé son oreille au trou de la serrure. À trois heures et demie de l'après-midi, il entendit la voix de Pantaléon derrière la cloison du secrétariat :

« Monsieur vient de partir en auto. »

Un tumulte s'éleva aussitôt du secrétariat et tout le monde se dispersa. Korotkov se retira plus tard que les autres et rentra tout seul chez lui.

PARAGRAPHE UN : KOROTKOV EST VIDÉ

Le lendemain matin, Korotkov constata avec joie que son œil n'avait plus besoin de pansement ; aussi jeta-t-il la bande avec soulagement. Il prit aussitôt meilleure mine et changea de visage. Il but du thé en vitesse, éteignit son réchaud et courut à son travail en tâchant de ne pas arriver en retard... et il arriva en retard de cinquante minutes ; en effet, le tramway, au lieu de suivre l'itinéraire du N° 6, avait fait un crochet en empruntant celui du N° 7, s'était engagé dans des rues éloignées avec des petites maisons et était tombé en panne. Korotkov s'enfila trois verstes à pied et entra en courant au secrétariat, tout essoufflé, juste au moment où la pendule de cuisine de « la Rose des Alpes » venait de sonner onze coups. C'est un spectacle tout à fait inhabituel pour onze heures du matin qui l'attendait au secrétariat. Lidotchka de Runi, Milotchka Litovtséva, Anna Evgrafovna, le chef comptable Lemerle, l'instructeur Guitis, Nomératski, tous les employés du secrétariat, au lieu d'être installés à leurs places derrière les tables de cuisine de l'ancien restaurant « la Rose des Alpes », étaient agglutinés devant un bout de papier fixé au mur par un clou. À l'entrée de Korotkov, le silence se fit soudain et tous baissèrent la tête.

« Bonjour, mesdames et messieurs. Que se passe-t-il ? » demanda Korotkov étonné.

La foule se dispersa en silence et Korotkov s'avança vers le bout de papier. Les premières lignes le regardèrent avec assurance et netteté ; les dernières, à travers un brouillard larmoyant, étourdissant.

« ARRÊTÉ N° 1 »

1. « Pour une négligence inadmissible dans l'acquittement de ses obligations, qui jette une confusion criante dans d'importants documents de service, de même que pour s'être présenté à son travail dans un état déplorable, le visage écrasé, visiblement dans une rixe, le camarade Korotkov est congédié à partir de ce jour, 26 du mois, avec paiement de l'indemnité de tramway jusqu'au 25 inclus. »

Le paragraphe un était en même temps le dernier, et, en dessous, se détachait en grosses lettres la signature :

Le Directeur : Caleçonnière.

Un silence idéal régna pendant vingt secondes dans la salle de cristal poussiéreuse de « la Rose des Alpes ». Et c'était Korotkov, verdasse, qui se taisait le mieux de tous : son silence était plus profond, plus mortel. À la vingt et unième seconde, le silence se brisa.

« Comment ? Comment ? répéta Korotkov d'une voix sonore qui tinta comme une coupe à champagne de "la Rose des Alpes" que l'on aurait cassée contre le talon de sa chaussure. Il s'appelle Caleçon-nière ?... »

À ce mot effrayant, les employés détalèrent de tous côtés et, en un clin d'œil, reprirent leurs places à leurs tables, tels des corbeaux sur un fil télégraphique. Le visage de Korotkov passa du vert putride de la moisissure à la pourpre tachetée.

« Aïe ! Aïe ! Aïe ! bourdonna Létourneau en émergeant de son gros registre. Quelle gaffe avez-vous donc faite, mon bon monsieur ? Hein ?

— Je pen... pensais, pensais... dit Korotkov en faisant craquer les morceaux de sa voix brisée. Au lieu de "Caleçonnière", j'ai lu "Caleçons". C'est qu'il écrit son nom avec une minuscule !

— Ça, je ne mettrai pas de caleçons ! Il peut être tranquille ! dit Lidotchka avec un tintement cristallin.

— Chut ! siffla Létourneau comme un serpent. Qu'est-ce qui vous prend ? »

Il plongea, se cacha dans son registre et s'abrita derrière une page.

« À propos du visage, il n'a pas le droit ! cria doucement Korotkov, qui, de pourpre, était devenu aussi blanc que l'hermine. C'est avec nos saloperies d'allumettes que je me suis brûlé un œil, comme la camarade de Runi !

— Chut ! piailla Guitis en blêmissant.Vous n'y pensez pas ! Il les a essayées hier et les a trouvées excellentes. »

Dr-r-r-r-rrr fit soudain la sonnerie électrique au-dessus de la porte... et aussitôt le corps pesant de Pantaléon tomba de son tabouret et dévala le couloir.

« Non ! Je vais m'expliquer ! Je vais m'expliquer ! » chanta Korotkov d'une voix grêle. Puis il se jeta de gauche à droite, fit dix pas en courant sur place, tandis que les miroirs poussiéreux de « la Rose des Alpes » reflétaient son image déformée, s'engouffra dans le couloir et s'élança vers la lumière pâle qui tombait de l'ampoule accrochée au-dessus de l'inscription : « Cabinets particuliers ». Il s'arrêta, essoufflé, devant la terrible porte et revint à lui dans les bras de Pantaléon.

« Camarade Pantaléon, dit nerveusement Korotkov, laisse-moi passer, s'il te plaît ! Il faut que je parle tout de suite au directeur.

— Non ! Non ! J'ai l'ordre de ne laisser entrer personne, répondit Pantaléon d'une voix rauque, et une effrayante odeur d'oignon étouffa la résolution de Korotkov. Non. Allez ! Allez, monsieur Korotkov ! Sinon, il va m'arriver malheur à cause de vous.

— Pantaléon, c'est qu'il le faut, demanda Korotkov d'une voix mourante. C'est que, vois-tu, cher Pantaléon, il y a eu un arrêté... Laisse-moi passer, mon bon Pantaléon !

— Ah ! mon Dieu !... marmonna Pantaléon effrayé en se tournant vers la porte, puisque je vous dis non. Non, camarade ! »

La sonnerie du téléphone retentit dans le cabinet derrière la porte. Une voix lugubre frappa un coup de cymbale :

« Je pars ! Tout de suite ! »

Pantaléon et Korotkov s'écartèrent. La porte s'ouvrit toute grande et Caleçonnière, coiffé d'une casquette, un cartable sous le bras, enfila le couloir en trombe. Pantaléon courut derrière lui au petit trot et, après un instant d'hésitation, Korotkov se lança aux trousses de Pantaléon. À l'angle du couloir, Korotkov, blême et tout excité, fila entre les mains de Pantaléon, dépassa Caleçonnière et se mit à courir devant lui à reculons.

« Camarade Caleçonnière, marmonna-t-il d'une voix entrecoupée. Une toute petite minute... Permettez-moi de vous dire... C'est au sujet de l'arrêté...

— Camarade ! tintinnabula Caleçonnière, qui fonçait à une allure infernale, l'air préoccupé, balayant Korotkov dans sa course. Vous voyez bien que je suis occupé. Je pars ! Je pars !...

— C'est à propos de l'arr...

— Est-ce que vous ne voyez pas que je suis occupé ?... Camarade, adressez-vous au secrétaire ! »

Caleçonnière courut dans le vestibule, où était installé sur une estrade l'immense orgue abandonné de « la Rose des Alpes ».

« Le secrétaire, mais c'est moi ! glapit Korotkov, inondé d'une sueur d'effroi. Écoutez-moi, camarade !

— Camarade ! hurla Caleçonnière comme une sirène. Et, en se retournant vers Pantaléon sans s'arrêter, il cria :

— Prenez des mesures pour qu'on ne me fasse pas perdre de temps !

— Camarade ! fit Pantaléon, effrayé, de sa voix éraillée. Qu'est-ce que vous avez à faire perdre du temps aux gens ? »

Et, ne sachant quelle mesure prendre, il choisit celle-ci : il saisit Korotkov à bras-le-corps et le serra doucement contre lui comme une femme bien-aimée. Cette mesure s'avéra efficace : Caleçonnière s'éclipsa, déboula l'escalier comme sur des patins à roulettes et, d'un bond, franchit la porte principale.

Pftt ! Pftt ! cria une motocyclette derrière les vitres. Elle tira cinq coups de feu, puis disparut en enveloppant les fenêtres de fumée. C'est alors seulement que Pantaléon lâcha Korotkov. En essuyant la sueur de son front, il grogna :

« Malheur !

— Pantaléon, demanda Korotkov d'une voix tremblante, où est-il allé ? Dis-le-moi vite ! C'est que, vois-tu, il peut prendre un autre...

— Au TSENTROSNAB[1], y me semble. »

1. TSENTROSNAB : Direction centrale du Ravitaillement.

Korotkov descendit l'escalier ventre à terre, s'engouffra dans le vestiaire, saisit vivement son manteau et sa casquette anglaise et sortit dans la rue en courant.

UN TOUR DIABOLIQUE

Korotkov eut de la chance. Juste à cet instant, le tramway arrivait à la hauteur de « la Rose des Alpes ». Il réussit à sauter et se précipita en avant, en se heurtant tour à tour à la roue de commande des freins et aux sacs que les passagers portaient sur leur dos. L'espoir embrasait son cœur. La motocyclette, pour une raison quelconque, avait pris du retard et pétaradait maintenant devant le tramway. Korotkov tantôt perdait de vue le dos carré, tantôt le récupérait, dans un nuage de fumée bleue. Korotkov fut secoué et comprimé sur la plate-forme pendant près de cinq minutes. Enfin, devant le bâtiment gris du TSENTROSNAB, la moto s'arrêta. Le corps carré fut caché par les passants et disparut. Korotkov s'extirpa du tram en marche, fit un tour complet sur lui-même, tomba, se cogna le genou, ramassa sa casquette anglaise et, en filant sous le nez d'une automobile, il se hâta d'entrer dans le hall.

Couvrant le sol de taches humides, des dizaines de personnes marchaient à la rencontre de Korotkov ou le dépassaient. Le dos carré apparut une seconde dans la deuxième volée de l'escalier. Korotkov, haletant, s'élança derrière lui. Caleçonnière montait l'escalier à une allure extraordinaire, surnaturelle, et le cœur de Korotkov se glaçait à la pensée de le laisser échapper. Et c'est bien ce qui se produisit. Sur le cinquième palier, quand le secrétaire fut complètement épuisé, le dos se fondit dans la masse des visages, des bonnets et des cartables. Avec la rapidité de l'éclair, Korotkov bondit sur le palier et hésita une seconde devant une porte sur laquelle il y avait deux inscriptions. La première, dorée sur fond vert, indiquait en lettres gothiques: « Dortoir des élèves-maîtresses[1] ». La seconde, noir sur fond blanc, sans gothique: « NATCH-KANSOUPRAVDELSNAB[2] ». Korotkov se précipita au petit bonheur sur cette porte et il aperçut d'énormes cellules de verre et une multitude de femmes blondes qui couraient d'une cellule à l'autre. Korotkov ouvrit la première cloison de verre et vit, derrière, un homme en costume bleu qui était couché sur un bureau et riait joyeusement au téléphone. Dans le deuxième compartiment s'étalaient sur une table les œuvres complètes de Scheller-Mikhaïlov[3] et, à côté de celles-ci, une inconnue sur le retour, en fichu, pesait sur une balance des poissons séchés qui sentaient mauvais. Dans le troisième compartiment régnait un grondement continu et cadencé, entrecoupé de sonneries. Là, devant six machines à écrire, six femmes aux cheveux clairs et aux petites dents tapaient et riaient. Derrière la cloison s'ouvrait un vaste espace, avec des

1. « Dortoir des élèves-maîtresses »: dans le TSENTROSNAB, on peut deviner le Palais du Travail, qui, avant la Révolution, abritait une grande maison d'éducation, fondée sous Catherine II.

L'écrivain Constantin Paoustovski en a donné la description suivante:

« C'était une maison gigantesque, vaste comme un océan, qui comprenait des centaines de pièces, d'innombrables galeries, tournants, couloirs, culs-de sac, caves terrifiantes et salles de réception, une chapelle privée et un salon de coiffure.

« Pour faire le tour des couloirs de l'édifice, il fallait presque une heure... » (Constantin Paoustovski, *La Quatre,* in *Le Livre des pérégrinations.*)

Le Palais du Travail était le siège des organisations syndicales. C'est là qu'était installée la rédaction du journal des cheminots « Le Sifflet », auquel collaborait Boulgakov lorsqu'il écrivit *Diablerie.*

2. NATCHKANSOUPRAVDELSNAB: Chef du secrétariat de la Direction du Ravitaillement.

3. Scheller-Mikhaïlov: romancier radical du XIXe siècle, particulièrement prolixe.

colonnes renflées. L'air était rempli du fracas insupportable des machines à écrire et on voyait une multitude de têtes d'hommes et de femmes, mais celle de Caleçonnière ne se trouvait pas parmi elles. Après s'être égaré et avoir tourné en rond, Korotkov arrêta la première femme venue, qui courait en tenant un petit miroir à la main.

« Vous n'avez pas vu Caleçonnière ? »

Le cœur de Korotkov tressaillit de joie lorsque la femme lui répondit en ouvrant de grands yeux :

« Oui. Mais il est juste en train de partir. Rattrapez-le ! »

Korotkov enfila la salle à colonnes en courant dans la direction que lui indiquait la petite main blanche aux ongles rouges étincelants. L'ayant traversée, il se trouva sur un palier étroit et plutôt obscur et aperçut la gueule béante de l'ascenseur illuminé. Ses jambes flageolèrent : il l'avait rattrapé... La gueule était en train d'engloutir le dos carré taillé dans une couverture et son cartable noir luisant.

« Camarade Caleçonnière ! » cria Korotkov, et il resta pétrifié.

Des ronds verts innombrables sautèrent sur le palier. Une grille recouvrit la porte de verre, l'ascenseur se mit en branle, et le dos carré, en se retournant, se métamorphosa en une poitrine athlétique. Korotkov reconnut tout, absolument tout : et la tunique grise, et la casquette, et le cartable, et les grains de Corinthe des yeux. C'était bien Caleçonnière, mais un Caleçonnière qui avait une longue barbe assyrienne frisée, descendant jusque sur la poitrine. Dans la cervelle de Korotkov surgit aussitôt cette pensée :

« La barbe a poussé pendant qu'il était en moto et qu'il montait l'escalier : qu'est-ce que ça veut dire ? »

Et puis une deuxième :

« La barbe est fausse : qu'est-ce que ça veut dire ? »

Cependant, Caleçonnière avait commencé à s'enfoncer

dans l'abîme grillagé. Les jambes disparurent les premières, puis le ventre, la barbe et, en dernier, les petits yeux et la bouche, qui cria d'une voix de ténor :

« Trop tard, camarade, revenez vendredi. »

« La voix aussi est postiche », entendit Korotkov cogner dans son crâne. La tête lui brûla douloureusement l'espace de trois secondes, mais il se rappela ensuite qu'aucun sortilège ne devait l'arrêter, que s'arrêter, c'était sa perte, et il se propulsa vers l'ascenseur. Il vit apparaître dans le grillage le toit qui montait le long d'un câble. Une belle femme au regard langoureux et dont les cheveux étaient parsemés de pierres brillantes effleura la main de Korotkov avec tendresse et lui demanda :

« Vous avez une maladie de cœur, camarade ?

— Non. Oh ! non, camarade, lança Korotkov ébahi, et il avança vers la grille. Ne me faites pas perdre de temps.

— Alors, camarade, allez trouver Ivan Athénoguénovitch ! dit tristement la belle en barrant à Korotkov le chemin de l'ascenseur.

— Je ne veux pas ! s'écria Korotkov en pleurnichant. Camarade ! Je suis pressé. Qu'est-ce qui vous prend ? »

Mais la femme resta inflexible et triste.

« Je ne peux rien faire pour vous. Vous le savez bien », dit-elle en retenant Korotkov par la main.

L'ascenseur s'arrêta, cracha un homme avec un cartable, se recouvrit de la grille et descendit à nouveau.

« Laissez-moi passer ! glapit Korotkov en dégageant vivement sa main, et il fonça dans l'escalier en jurant. Il dévala six volées de marbre, faillit tuer une grande vieille coiffée d'une capote, qui se signa, et se retrouva en bas devant un immense mur de verre surmonté d'une inscription en lettres d'argent sur fond bleu : « Dames surveillantes », et d'une autre en dessous, à la plume sur un morceau de papier : « Renseignements ». Une crainte confuse s'empara de Korotkov. Caleçonnière apparut distinctement derrière le mur. Le Caleçonnière rasé au menton bleu, terrible, comme avant. Il passa tout près de Korotkov, dont il n'était séparé que par une mince couche de verre. S'efforçant de ne penser à rien, Korotkov se rua sur la poignée de cuivre étincelante, la secoua, mais elle ne céda pas. Il tira encore une fois avec force le cuivre scintillant, en grinçant des dents, et alors seulement il aperçut, désespéré, cet avis bref : « Faire le tour par l'entrée N° 6. »

Caleçonnière émergea, puis disparut dans une niche noire, derrière le verre.

« Où est l'entrée N° 6 ? Numéro six ? » cria faiblement Korotkov à quelqu'un. Des passants se jetèrent de côté. Une petite porte latérale s'ouvrit et livra passage à un petit vieux à lunettes bleues, vêtu de lustrine, qui tenait une immense liste dans ses mains. Il regarda Korotkov pardessus ses lunettes, sourit et se suça les lèvres.

« Comment ? Vous continuez à arpenter ? marmotta-t-il. Ma foi, vous avez tort. Vous feriez mieux d'écouter mes conseils de vieillard. Renoncez ! De toute façon, je vous ai déjà rayé. Hi ! Hi !

— D'où m'avez-vous rayé ? fit Korotkov sidéré.

— Hi ! Vous le savez bien, des listes, tiens ! D'un petit coup de crayon, scratch, et terminé. Hi ! Hi ! »

Et le petit vieux éclata d'un rire mélodieux.

« Per... permettez... Comment donc pouvez-vous me connaître ?

— Hi ! Vous êtes un plaisantin, Basile Ivanovitch.

— Moi, je m'appelle Bartholomé, dit Korotkov en portant sa main à son front glacé et glissant. Bartholomé Pétrovitch. »

Le visage du terrible vieillard perdit un instant son sourire. Il braqua ses yeux sur sa feuille et en parcourut les lignes d'un petit doigt desséché armé d'une longue griffe.

« Qu'est-ce que vous avez à m'embrouiller? Voici : Kolobkov, B. P.

— Mais moi, je m'appelle Korotkov, cria Korotkov impatienté.

— C'est bien ce que je dis : Kolobkov, fit le vieillard vexé. Et voilà Caleçonnière. Ils ont été mutés tous les deux. Et, à la place de Caleçonnière, on a nommé Tchékouchine.

— Quoi ? s'écria Korotkov, ne se sentant plus de joie. Caleçonnière a été balancé ?

— C'est cela même. Il a eu le temps de diriger un jour à peine et on l'a foutu à la porte.

— Mon Dieu ! s'exclama Korotkov en jubilant. Je suis sauvé ! Je suis sauvé ! »

Et, éperdu, il serra la main osseuse et griffue du petit vieux. Ce dernier sourit. La joie de Korotkov s'évanouit un instant. Une lueur étrange, menaçante avait jailli dans les trous bleus de ses yeux. Son sourire aussi, qui découvrit ses gencives bleu foncé, sembla étrange à Korotkov. Mais il s'empressa de chasser ce sentiment désagréable et se mit à s'agiter.

« Alors, il faut que je coure au SPIMAT ?

— Absolument, acquiesça le vieillard. C'est bien ça. Au SPIMAT. Voulez-vous seulement me donner votre livret pour que j'y inscrive une jolie petite mention de mon petit crayon ? »

Korotkov plongea aussitôt sa main dans sa poche, blêmit, fouilla une autre poche, blêmit encore plus, se tapa sur les poches du pantalon et, en poussant un hurlement étouffé, il remonta l'escalier au pas de course, tout en regardant sous ses pieds. Il bondit jusqu'en haut, désespéré, heurtant les gens qui passaient. Il voulait voir la belle aux pierres dans les cheveux, lui demander quelque chose, et il s'aperçut qu'elle s'était changée en un gamin morveux et hideux.

« Mon petit ! »

Korotkov se jeta sur lui.

« Mon portefeuille jaune !

— C'est pas vrai, répondit rageusement le gamin. Ils mentent. Je l'ai pas pris, ils mentent.

— Mais non, mon petit, il ne s'agit pas de ça... ce n'est pas toi... mes papiers. »

Le gamin le regarda de travers et se mit soudain à chialer d'une voix de basse.

« Ah ! mon Dieu ! » se désespéra Korotkov, et il se rua en bas pour retrouver le petit vieux.

Mais lorsqu'il accourut, le vieillard n'était déjà plus là. Il avait disparu. Korotkov se précipita sur la petite porte et tira la poignée. La porte était fermée. Une très légère odeur de soufre flottait dans la pénombre.

Les pensées se mirent à tourbillonner dans la tête de Korotkov comme une tempête de neige et une nouvelle idée jaillit : « Le tramway ! » Il venait soudain de se rappeler avec précision qu'il avait été serré sur la plate-forme par deux jeunes gens. L'un des deux était tout maigrichon et avait une petite moustache qui semblait avoir été collée.

« Ah ! Quel malheur ! Ça c'est un malheur ! C'est vraiment le malheur des malheurs ! »

Il sortit dans la rue en courant, l'enfila jusqu'au bout, tourna dans la ruelle et se trouva à l'entrée d'un petit bâtiment d'une architecture détestable. Un homme gris, renfrogné, qui louchait, lui demanda sans le regarder, mais en tournant les yeux de côté et fixant on ne sait quoi :

« Où vas-tu comme ça ?

— Camarade, je m'appelle Korotkov, B. P. On vient de me voler mes papiers. Tous sans exception. On peut me ramasser.

— Et c'est très facile, approuva l'homme sur le perron.

— Alors, permettez...

— Que Korotkov vienne se présenter en personne.

— Korotkov, c'est moi, camarade.
— Donne-moi ton attestation.
— On vient de me la voler à l'instant, gémit Korotkov. C'est un jeune homme avec une petite moustache qui me l'a volée.
— Avec une petite moustache ? Alors, c'est Kolobkov. C'est sûrement lui. Il opère tout spécialement dans notre quartier. Maintenant, tu n'as qu'à le chercher dans les gargotes.
— Camarade, je ne peux pas, sanglota Korotkov. Il faut que j'aille au SPIMAT trouver Caleçonnière. Laissez-moi passer !
— Donne une attestation de vol !
— Délivrée par qui ?
— Par le cerbère de ton immeuble. »
Korotkov s'éloigna du perron et s'élança dans la rue.
« Où aller ? Au SPIMAT ou chez le cerbère ? »
Il se dit :
« Le cerbère ne reçoit que le matin. Donc, allons au SPIMAT ! »
À cet instant, l'horloge de la tour rousse sonna quatre coups au loin. Et aussitôt, par toutes les portes, sortirent des gens avec des cartables. Le jour déclina. De rares petits flocons de neige fondue se mirent à tomber du ciel.
« Il est tard, pensa Korotkov. Rentrons ! »

PREMIÈRE NUIT

« Un petit papier blanc dépassait du trou de la serrure. Korotkov le lut dans l'obscurité.
« Cher voisin,
« Je vais chez ma mère, à Zvénigorod. Je vous laisse le

vin en cadeau. Buvez-le de bon cœur : personne ne veut l'acheter. Elles sont dans le coin.

A. Païkova. »

Korotkov sourit de travers, fit cliqueter la serrure, transporta dans sa chambre en vingt voyages les bouteilles, qui étaient à l'angle du couloir, alluma la lampe et, sans se déshabiller, en manteau et en casquette, il s'affala sur son lit. Pendant une demi-heure environ, comme sous l'effet d'un envoûtement, il regarda le portrait de Cromwell, qui s'estompait dans l'ombre épaisse du crépuscule. Puis, soudain, il bondit et piqua une crise de nerfs. Il arracha sa casquette, l'envoya balader au coin de la chambre d'un revers de la main, jeta à terre les paquets d'allumettes et se mit à les piétiner.

« Tiens ! Tiens ! Tiens ! » hurla-t-il, et, en écrasant ces saletés de boîtes, qui craquaient sous ses pieds, il rêvait confusément qu'il écrasait la tête de Caleçonnière.

Au souvenir de la tête ovoïde, il pensa soudain au visage rasé et au visage barbu et, alors, il s'arrêta.

« Permettez ! Comment ça peut bien se faire ? murmura-t-il en se passant la main sur les yeux. Qu'est-ce que c'est que ça ? Et qu'est-ce que j'ai à rester planté là et à perdre mon temps à des bagatelles alors que tout cela est effrayant ? Est-ce qu'il ne serait pas double en réalité ? »

La peur s'insinua dans la chambre par les fenêtres noires. Korotkov, tout en s'efforçant de ne pas les regarder, tira les stores pour les masquer. Mais cela n'y fit rien. Le double visage, qui tour à tour se couvrait d'une barbe et la perdait soudain, émergeait de temps à autre des angles de la pièce, une lueur verdâtre scintillant dans ses yeux. Enfin, n'y tenant plus et sentant que son cerveau était prêt à éclater sous la tension, il se mit à pleurer doucement.

Lorsqu'il eut pleuré tout son soûl et qu'il en fut soulagé, il mangea quelques pommes de terre gluantes qui restaient de la veille ; puis, revenant à la maudite énigme, il pleura encore un peu.

« Permettez ! marmonna-t-il. Qu'est-ce que j'ai à pleurer alors que j'ai bu du vin ? »

Il en but d'un trait un demi-verre. Le liquide doux agit en cinq minutes. Une douleur aiguë le saisit à la tempe gauche et il ressentit une soif brûlante et nauséeuse. Il but trois verres d'eau. Sa douleur à la tempe lui fit complètement oublier Caleçonnière. Il quitta ses vêtements de dessus et, d'un air languissant, en faisant les yeux blancs, il s'affala sur son lit. « De l'aspirine... » murmura-t-il longtemps, avant qu'un sommeil trouble ne le prenne en pitié.

L'ORGUE ET LE MATOU

Le lendemain matin à dix heures, Korotkov fit bouillir du thé à la hâte, but sans plaisir un quart de verre et quitta sa chambre avec le sentiment qu'une journée difficile et pleine de tracas l'attendait. Au pas de course, il traversa dans le brouillard la cour asphaltée, humide. L'inscription « Cerbère » se trouvait sur la porte d'une aile. Korotkov avait déjà tendu la main vers le bouton lorsque ses yeux tombèrent sur l'avis :

« Pour cause de décès, on ne délivre pas d'attestations. »

« Ah ! Seigneur ! s'écria Korotkov dépité. Qu'est-ce que c'est que ces malchances à chaque pas ? »

Et il ajouta :

« Eh bien ! Je m'occuperai des papiers plus tard, maintenant je vais au SPIMAT. Il faut aller aux nouvelles pour savoir de quoi il retourne. Peut-être que Tchékouchine est déjà revenu.

Comme on lui avait volé tout son argent, Korotkov se traîna à pied jusqu'au SPIMAT. Après avoir traversé le hall, il porta ses pas directement vers le secrétariat. Il s'arrêta un instant sur le seuil et entrouvrit la bouche : il n'y avait dans la salle de cristal aucun visage connu. Ni Lemerle, ni Anna Evgrafovna ; en un mot, personne. C'étaient trois blonds au menton rasé, rigoureusement identiques, en costume à carreaux gris clair, qui étaient assis derrière les tables. Ils rappelaient non plus des corbeaux sur un fil électrique, mais les trois faucons d'Alexis Mikhaïlovitch. Il y avait aussi une jeune femme aux yeux rêveurs et qui portait des boucles d'oreilles de diamant. Les jeunes gens ne prêtèrent pas la moindre attention à Korotkov et continuèrent à jacasser dans leurs registres. La femme, par contre, lui fit de l'œil. Lorsqu'il lui eut répondu par un sourire embarrassé, elle sourit d'un air hautain et détourna la tête. « Bizarre », pensa Korotkov, et il sortit du secrétariat en trébuchant contre le seuil. Devant son bureau, il hésita, soupira en regardant la vieille et chère inscription « Secrétaire », ouvrit la porte et entra. Les yeux de Korotkov perdirent instantanément la lumière et le sol tangua légèrement sous ses pieds. C'est Caleçonnière en personne qui était installé à la table de Korotkov, les coudes écartés, grattant frénétiquement du papier. Des poils ondulés et brillants cachaient sa poitrine. Korotkov eut le souffle coupé en voyant le crâne chauve au-dessus du drap vert. Caleçonnière le premier rompit le silence.

« Qu'y a-t-il pour votre service, camarade ? » roucoula-t-il poliment d'un ton de fausset.

Korotkov se lécha convulsivement les lèvres, emplit son étroite poitrine d'un bon mètre cube d'air et dit d'une voix à peine perceptible :

Hum ! Je suis, camarade, le secrétaire de la maison...

C'est-à-dire... Oui, bien sûr, si vous vous rappelez l'arrêté... »

La surprise métamorphosa la partie supérieure du visage de Caleçonnière : ses sourcils clairs se soulevèrent et son front se transforma en accordéon.

« Je m'excuse, répondit-il poliment, le secrétaire, c'est moi. »

Un mutisme passager paralysa Korotkov.

Lorsqu'il fut passé, il prononça ces mots :

« Mais comment ça ? Et hier, alors ? Ah ! mais oui. Excusez-moi, je vous prie. D'ailleurs, je me suis trompé. Je vous en prie. »

Il sortit du bureau à reculons et, dans le couloir, il se dit à lui-même, d'une voix enrouée :

« Korotkov, voyons, essaie donc de te rappeler quel jour nous sommes ! »

Et c'est lui-même qui se répondit :

« Mardi, c'est-à-dire vendredi. Mille neuf cents. »

Il se retourna et vit aussitôt les deux ampoules du couloir jeter des étincelles sur une boule d'ivoire humaine. Le visage rasé de Caleçonnière cacha toute la terre.

« Bien ! » gronda la cuvette.

Korotkov eut un haut-le-corps.

« Je vous attends. Parfait. Enchanté de faire votre connaissance. »

En prononçant ces mots, il s'approcha de Korotkov et lui serra la main si fort que ce dernier se dressa sur un pied, telle une cigogne perchée sur un toit.

« J'ai réparti les tâches entre les membres du personnel, dit Caleçonnière avec importance, d'un débit rapide et saccadé. J'en ai affecté trois là-bas — il montra la porte du secrétariat. Et, bien sûr, Marion. Vous, vous êtes mon adjoint. Caleçonnière, lui, je l'ai nommé secrétaire. Tous ceux qu'il y avait avant, je les ai envoyés au bain. Et cet imbécile de Pantaléon aussi. Je dispose d'informations selon lesquelles il était laquais à « la Rose des Alpes ». Je vais faire un saut à la division. Pendant ce temps, rédigez avec Caleçonnière un rapport sur tout ce beau monde, en particulier sur ce, sur chose... sur Korotkov. À propos, vous ressemblez un peu à cette canaille. Seulement, il avait un œil poché.

« Moi ? Non, dit Korotkov en chancelant, la mâchoire inférieure pendante. Je ne suis pas une canaille. On m'a volé tous mes papiers. Sans exception.

— Tous ? s'écria Caleçonnière. Bagatelles. Tant mieux. »

Il agrippa la main de Korotkov, qui respirait avec peine et, traversant le couloir en courant, il le traîna dans le cabinet sacré, le jeta sur une chaise de cuir rebondie et s'assit derrière son bureau. Korotkov continuait à sentir le sol vaciller sous ses pieds. Il se recroquevilla et marmonna en fermant les yeux :

« Le vingt était un lundi ; donc mardi était le vingt et un. Non. Qu'est-ce qui m'arrive ? Mille neuf cent vingt et un. Numéro de référence 0,15. Un blanc pour la signature. Tiret. Bartholomé Korotkov. Ça, c'est donc moi. Mardi, mercredi, jeudi, vendredi, samedi, dimanche. Mardi commence par un M. Mercredi aussi commence par un M. Et vendredi, dredd..., par un D, comme dimanche... »

Caleçonnière griffonna un papier bruyamment, y donna un coup de tampon et le tendit à Korotkov. Juste à cet instant, le téléphone sonna impétueusement. Caleçonnière attrapa le microphone et hurla :

« Bon ! Oui. Oui. J'arrive tout de suite. »

Il se rua sur le portemanteau, en arracha sa casquette, dont il couvrit sa calvitie, et, avant de s'éclipser par la porte, il prit congé en disant :

« Attendez-moi chez Caleçonnière ! »

La vue de Korotkov se troubla complètement lorsqu'il lut le papier tamponné :

« Le porteur de la présente est effectivement mon adjoint, le camarade Basile Pavlovitch Kolobkov, ce qui est effectivement véritable. Caleçonnière. »

« Oh ! Oh ! gémit Korotkov en faisant tomber par terre le papier et sa casquette. Qu'est-ce qu'il se passe ? »

À cet instant, la porte grinça et Caleçonnière revint avec sa barbe.

« Caleçonnière a déjà fichu le camp ? » demanda-t-il à Korotkov d'une voix aigrelette et caressante.

La lumière s'éteignit à l'entour.

« A-a-a-ah ! » hurla Korotkov, ne résistant pas au supplice. Hors de lui, il bondit vers Caleçonnière en montrant les dents. La peur se peignit si bien sur le visage de celui-ci qu'il devint subitement tout jaune. Il fonça vers la porte à reculons, l'ouvrit avec fracas, tomba dans le couloir sans pouvoir se retenir, s'assit à croupetons, mais se redressa illico et se mit à courir en criant :

« Holà ! le courrier ! À l'aide !

— Attendez ! Attendez ! Je vous en prie, camarade... » s'écria Korotkov revenu à lui et il s'élança derrière Caleçonnière.

Quelque chose gronda dans le secrétariat et les faucons bondirent tous ensemble. La femme assise à la machine à écrire leva ses yeux rêveurs.

« On va tirer ! On va tirer ! » l'entendit-on crier hystériquement.

Caleçonnière se précipita le premier dans le hall, sauta sur l'estrade de l'orgue, hésita une seconde, ne sachant dans quelle direction fuir, décolla, coupa à angle droit et disparut derrière l'orgue. Korotkov se jeta à ses trousses et glissa. Et, sans l'énorme manivelle courbe et noire qui dépassait du flanc jaune, il se serait sans doute fracassé la tête. Elle attrapa un pan du manteau de Korotkov. La cheviotte pourrie se déchira en piaulant faiblement et Korotkov s'assit doucement sur le sol froid. La porte du passage latéral, derrière l'orgue, se referma sur Caleçonnière avec un claquement sonore.

« Mon Di... » commença Korotkov, mais il n'acheva pas.

Dans l'immense coffre aux tuyaux de cuivre recouverts de poussière, un bruit étrange se fit entendre, semblable à celui d'un verre qui éclate. Il fut suivi d'un borborygme caverneux et poussiéreux, puis d'un étrange miaulement chromatique et d'une sonnerie de cloches. Enfin retentit un accord sonore en majeur, empreint d'un souffle d'optimisme vivifiant, et le coffre jaune à trois rangées tout entier se mit à jouer en transvasant les couches de sons qui stagnaient à l'intérieur.

L'incendie de Moscou grondait et faisait rage...

Soudain, dans le carré noir de la porte, apparut le visage blême de Pantaléon, qui se métamorphosa en un clin d'œil. Un éclat triomphant s'alluma dans ses yeux, il s'étira, se frappa de la main droite par-dessus le bras gauche, comme pour y jeter une serviette invisible, prit ses jambes à son cou, et, penché de côté à la façon d'un cheval bricolier, il dégringola les marches en arrondissant les bras comme s'il portait un plateau avec des tasses.

Le long de la rivière, la fumée s'étendait.

« Qu'est-ce que j'ai fait ? » s'effraya Korotkov.

Lorsqu'il eut fait rouler les premières vagues, jusqu'alors retenues figées, l'appareil marcha sans à-coups, emplissant les salles désertes du SPIMAT d'un rugissement de lion à mille têtes et de sonneries.

Tandis que sur les murs des portes du Kremlin...

À travers les hurlements, le vacarme et les cloches, se faufila le klaxon d'une automobile et, aussitôt, Caleçonnière rentra par la porte principale. Le Caleçonnière rasé, vengeur et menaçant. Enveloppé d'une sinistre lueur bleuâtre, il monta l'escalier d'un pas régulier. Les cheveux de Korotkov se dressèrent sur sa tête. Il s'élança comme une flèche, franchit la porte latérale, descendit l'escalier tortueux derrière l'orgue et fonça dans la cour, recouverte de cailloutis. Puis il fila dans la rue, comme une bête aux abois, en écoutant le bâtiment de « la Rose des Alpes » gronder sourdement derrière lui :

En redingote grise, debout il se tenait...

À l'angle de la rue, un cocher essayait frénétiquement de faire bouger sa haridelle en agitant son fouet.

« Seigneur ! Seigneur ! fit Korotkov en éclatant en sanglots. Encore lui ! Mais qu'est-ce que c'est ? »

Le Caleçonnière barbu surgit de la chaussée à côté du cabriolet. Il sauta dedans et se mit à bourrer de coups de poing le dos du cocher en disant de sa voix aigrelette :

« Fouette cocher ! Fouette gredin ! »

La haridelle s'élança, rua sous les coups de fouet cuisants et partit au galop, emplissant la rue du vacarme de la voiture. À travers le flot de ses larmes, Korotkov vit le chapeau verni du cocher s'envoler et des billets en tomber et se disperser en tourbillonnant. Des gamins coururent les attraper, en sifflant. Le cocher se retourna, tira désespérément sur les rênes, mais Caleçonnière lui martela le dos avec frénésie, en hurlant :

« Vas-y ! Vas-y ! Je paierai. »

Le cocher cria éperdument :

« Hé ! Monseigneur, vous voulez que j'y laisse la peau, ou quoi ? »

Il lança sa rossinante au grand galop et ils disparurent au coin de la rue.

Korotkov regarda en sanglotant le ciel gris qui filait rapidement au-dessus de sa tête. Il chancela et cria douloureusement :

« Ça suffit ! Je ne laisserai pas ça comme ça. Je tirerai ça au clair.

Il sauta et s'accrocha à la caténaire d'un tramway. La caténaire le ballotta pendant près de cinq minutes et le jeta à terre devant un bâtiment vert de huit étages. Entré dans le hall en courant, Korotkov enfonça la tête dans l'ouverture rectangulaire d'une cloison de bois et demanda à une énorme bouilloire bleue :

« Où est le bureau des réclamations, camarade ?

— Au septième étage, couloir 9, appartement 41, bureau 302, répondit la bouilloire d'une voix de femme.

— Septième, 9, 41, trois cents... trois cents... combien déjà ?... 302, balbutia Korotkov en grimpant quatre à quatre le large escalier.

« Septième, 9, 8, stop, 40... non 42... non, 302, mâchonnait-il. Ah ! mon Dieu ! J'ai oublié... Oui, c'est le 40, le 40. »

Arrivé au septième étage, il passa devant trois portes, aperçut sur une quatrième le chiffre noir « 40 » et entra dans une immense salle à colonnes, peinte en deux couleurs. Des rouleaux de papier traînaient aux quatre coins et tout le sol était parsemé de bouts de papier noirs d'écriture. Dans un compartiment se profilaient une petite table et une machine à écrire à laquelle était installée une femme dorée qui fredonnait une chansonnette à mi-voix, une joue appuyée sur un poing. Korotkov regarda tout autour de lui d'un air déconfit et vit descendre d'une estrade qui se trouvait derrière les colonnes, à pas lourds, un homme d'imposante stature, vêtu d'une houppelande blanche à la polonaise. Ses moustaches pendantes grisonnantes se détachaient sur son visage de marbre. L'homme avait un sourire extraordinairement poli, sans vie, un sourire de plâtre. Il s'approcha de Korotkov, lui serra la main avec tendresse et dit en claquant des talons :

« Jean Sobieski[1].

1. Jean Sobieski : nom d'un célèbre roi de Pologne, qui régna au XVIIe siècle.

— Ce n'est pas possible... » répondit Korotkov médusé.

L'homme sourit agréablement.

« Imaginez-vous que cela étonne beaucoup de gens, dit-il avec un léger accent étranger. Mais n'allez pas penser que j'aie quelque chose en commun avec ce bandit. Pas du tout. C'est une fâcheuse coïncidence. Rien de plus. J'ai déjà déposé une demande pour faire enregistrer mon nouveau nom : Sotsvosski. C'est bien plus joli et moins dangereux. D'ailleurs, si cela vous est désagréable — l'homme tordit la bouche de dépit — je ne veux pas m'imposer. Nous trouverons toujours des gens. Nous sommes recherchés.

— Mais non, pas du tout, voyons ! » s'écria douloureusement Korotkov, sentant que là aussi, comme partout ailleurs, se produisait quelque chose d'étrange. Il jeta autour de lui un regard de bête traquée, craignant de voir surgir quelque part la face rasée et la coquille chauve, puis il ajouta platement :

« Enchanté ! Enchanté ! »

Une auréole rose tachetée apparut à peine sur le visage de l'homme de marbre. Et, soulevant tendrement la main de Korotkov, il l'entraîna vers la petite table en disant :

« Moi aussi, je suis enchanté. Mais voilà le malheur : imaginez que je n'ai pas de place pour vous installer. On nous brime, malgré toute notre importance (l'homme désigna de la main les rouleaux de papier). Des intrigues... Mais nous ferons notre chemin, soyez tranquille... Hum !... Quelle surprise nous réservez-vous ? Qu'est-ce que vous nous avez apporté de neuf ? demanda-t-il d'un ton caressant à Korotkov, livide. Ah ! mais pardon ! Mille pardons ! Permettez-moi de vous présenter — il fit un élégant geste de la main en direction de la machine à écrire — Henriette Potapovna Symphonance. »

La femme serra aussitôt de sa main froide celle de Korotkov et posa sur lui un regard langoureux.

« Ainsi, poursuivit l'hôte avec onction, qu'est-ce que vous nous avez apporté ? Un feuilleton ? Un essai ? prononça-t-il d'une voix traînante en faisant les yeux blancs. Vous ne pouvez pas imaginer à quel point nous en avons besoin de ces essais. »

« Dame du Ciel !... Qu'est-ce que c'est ? » pensa confusément Korotkov ; puis il dit, après avoir repris convulsivement son souffle :

« Il m'est... heu !... arrivé une chose effrayante. N'allez pas penser, pour l'amour de Dieu, que ce sont des hallucinations !... Hum !... Ha ! Hha !... (Korotkov essaya de rire d'un rire forcé, mais il n'y parvint pas). Il est vivant, je vous assure... Mais je n'y comprends rien ; tantôt il a une barbe, et, une minute après, il n'en a plus... Je n'y comprends rien du tout... Même sa voix change... Par-dessus le marché, on m'a volé tous mes papiers, sans exception, et le cerbère est mort, comme par un fait exprès. Ce Caleçonnière...

— J'en étais sûr, s'écria l'hôte. Où sont-ils ?

— Ah ! mon Dieu ! Oui, bien sûr, répliqua la femme. Ah ! Ces épouvantables Caleçonnière !

— Vous savez, l'interrompit l'hôte, tout excité, c'est à cause de lui que je suis assis par terre. Voyez, admirez le spectacle ! Hein ? Qu'est-ce qu'il entend au journalisme ? — l'hôte saisit Korotkov par un bouton. Dites-moi, je vous prie, ce qu'il y entend ? Il a passé deux jours ici et il m'a mis à bout. Mais imaginez ma chance ! Je suis allé chez Théodore Vassiliévitch et il l'a enfin débarqué. J'ai posé la question crûment : ou c'est moi, ou c'est lui. On l'a muté dans un certain SPIMAT, ou le diable sait où encore. Qu'il aille puer avec ses allumettes ! Mais les meubles, les meubles, il a réussi à les transférer dans ce satané bureau. Tous, s'il vous plaît. Sur quoi je vais écrire, permettez-moi de vous demander ? Sur quoi allez-vous écrire vous-même ? Car je ne doute pas que vous serez des nôtres, mon cher (l'hôte étreignit Korotkov). C'étaient de magnifiques meubles Louis XIV recouverts de satin, et ce fumier les a inconsciemment flanqués dans ce bureau à la noix qui de toute façon sera fermé demain et balancé aux cinq cents diables.

— Quel bureau? demanda Korotkov d'une voix sourde.

— Ah! oui. Les réclamations, ou comme il les appelle là-bas, fit l'hôte avec dépit.

— Comment? s'écria Korotkov. Comment? Où est-il?

— Là, » répondit l'hôte étonné en pointant la main vers le sol.

Korotkov promena une dernière fois ses yeux fous sur la houppelande blanche et, une minute après, il se retrouva dans le couloir. Après avoir réfléchi un instant, il fonça à gauche à la recherche d'un escalier qui le conduise en bas. Il courut pendant près de cinq minutes en suivant les méandres capricieux du couloir et, au bout de cinq minutes, il se retrouva à l'endroit d'où il était parti. Porte N° 40.

« Ah! Diable! » cria Korotkov. Il piétina sur place, s'élança à droite, et, cinq minutes plus tard, il était à nouveau là. Il poussa brusquement la porte, se précipita dans la salle et constata qu'elle était déserte. Seule la machine à écrire, sur la table, souriait silencieusement de ses dents blanches. Korotkov s'approcha de la colonnade et, alors, aperçut l'hôte. Ce dernier se tenait sur un piédestal. Il ne souriait plus et avait l'air vexé.

« Excusez-moi d'être parti sans prendre congé... » commença Korotkov, et il se tut. L'hôte n'avait pas de nez, il lui manquait une oreille et son bras gauche était arraché. Korotkov recula, le cœur glacé, et, derechef, sortit dans le couloir en courant. Une porte secrète invisible s'ouvrit soudain et livra passage à une paysanne toute brune et ridée qui portait des seaux vides sur une palanche.

« Hé ! La mère ! s'écria Korotkov angoissé. Où est le bureau ?

— J'sais pas, mon bon monsieur, j'sais pas, mon compère. Mais n'cours pas comme ça, mon joli. De toute façon, te n'le trouveras pas. T'y penses donc pas ! C'est qu'y a neuf étages.

— Hou ! Hou ! L'idiote !... » rugit Korotkov en serrant les dents, et il se rua sur la porte. Elle claqua derrière lui et il se trouva dans un cul-de-sac plongé dans la pénombre. Il se jeta contre les murs en les griffant comme un homme enterré dans une mine et finit par tomber sur une tache blanche qui le fit déboucher sur un escalier. Il le dévala en frappant les marches en cadence. Un bruit de pas monta vers lui. Une sombre inquiétude serra son cœur. Une seconde plus tard, il aperçut la casquette luisante, la couverture grise et la longue barbe. Leurs regards se croisèrent en même temps et, éperdus de peur et de douleur, ils poussèrent tous les deux un hurlement d'une voix aigre. Korotkov battit en retraite en remontant l'escalier à reculons, tandis que Caleçonnière, en proie à une peur insurmontable, descendait en arrière.

« Attendez !... fit Korotkov enroué. Une minute... Expliquez-moi seulement...

— Au secours ! brailla Caleçonnière en perdant sa voix aiguë et reprenant sa voix de basse cuivrée. En reculant, il tomba à la renverse avec fracas. Le choc lui coûta cher. Il se changea en chat noir aux yeux phosphorescents, revint sur ses pas à toute allure, traversa le palier à pas de velours en fonçant en avant, se roula en boule, sauta sur le rebord d'une fenêtre et disparut à travers un carreau cassé et une toile d'araignée. Un voile blanc enveloppa une seconde le cerveau de Korotkov, mais il tomba aussitôt, et une illumination extraordinaire survint :

« Maintenant, tout est clair, murmura Korotkov, et il se mit à rire doucement. Ça y est, j'ai compris ! C'est donc ça ! Les matous ! Tout est clair. Les matous ! »

Il s'esclaffa de plus en plus fort, jusqu'à ce que l'escalier soit rempli de ses éclats de rire sonores.

DEUXIÈME NUIT

Au crépuscule, le camarade Korotkov, assis sur son lit recouvert de molleton, but trois bouteilles de vin pour tout oublier et retrouver son calme. Toute la tête lui faisait mal maintenant : la tempe droite comme la gauche, la nuque et même les paupières. Une légère nausée montait du fond de son estomac, l'agitant de remous, et, par deux fois, Korotkov vomit dans une cuvette.

« Voilà ce que je vais faire, murmura-t-il faiblement, la tête ballante. Demain, je vais essayer de ne pas le rencontrer. Mais, comme il traîne partout, j'attendrai qu'il soit passé, embusqué dans une ruelle ou une petite impasse. Et il passera tranquillement à côté de moi. S'il se lance à mes trousses, je prendrai la fuite. Il calera. Poursuis gentiment ton chemin, que je lui dirai. Moi, je ne veux plus aller au SPIMAT. Ça ne fait rien. Tu peux être à la fois directeur et secrétaire à ton aise ; moi, je ne veux même pas de l'indemnité pour le tramway. Je m'en passerai. Seulement, je t'en prie, laisse-moi en paix. Que tu sois un matou ou non, que tu aies une barbe ou pas, occupe-toi de tes affaires ! Moi, je m'occupe des miennes. Je me trouverai une autre petite planque et je travaillerai bien tranquillement et bien sagement. Moi, je n'embête personne, et personne ne m'embête. Je ne déposerai pas la moindre réclamation contre toi. Demain, je vais seulement me faire délivrer des papiers, et c'est marre. »

Au loin, une pendule se mit à sonner sourdement. Bom... bom...

« C'est chez les Pestroukhine, pensa Korotkov, et il compta. Dix... onze... minuit, treize, quatorze, quinze... quarante...

« La pendule a sonné quarante coups », dit Korotkov en souriant avec amertume, et il recommença à pleurer. Puis le vin de messe lui donna à nouveau des haut-le-cœur, violents et convulsifs.

« Il est fort. Oh ! Ce qu'il est fort, ce vin », articula-t-il, et il se renversa en gémissant sur son oreiller.

Deux heures passèrent. La lampe, qu'il n'avait pas éteinte, éclairait son visage blême, posé sur l'oreiller, et ses cheveux en bataille.

ANGOISSE MACHINIQUE

Le jour d'automne vint à la rencontre du camarade Korotkov dans un voile nébuleux, étrange.

Regardant craintivement tout autour de lui en montant l'escalier, il grimpa jusqu'au septième étage, tourna à droite au hasard et poussa un soupir de joie. Une main dessinée lui montrait une inscription : « Bureaux 302-349. » En suivant le doigt de la main salvatrice, il se traîna jusqu'à la porte surmontée de l'écriteau : « N° 302. Bureau des réclamations. » Korotkov jeta à l'intérieur un coup d'œil circonspect pour ne pas tomber sur qui il ne fallait pas, entra et se trouva devant sept femmes installées à des machines à écrire. Après une légère hésitation, il s'approcha de la dernière, au teint mat et basané, s'inclina et voulut lui dire quelque chose; mais la brune l'interrompit subitement. Toutes les femmes braquèrent leurs regards sur Korotkov.

« Sortons dans le couloir », dit brutalement la femme mate en rectifiant sa coiffure.

« Mon Dieu, encore ! Il va encore se passer quelque chose !... »

C'est la pensée mélancolique qui traversa l'esprit de Korotkov. Il poussa un profond soupir et s'exécuta. Les six femmes restées dans la pièce se mirent à papoter avec agitation dès qu'il eut tourné le dos.

La brune fit sortir Korotkov et, dans la pénombre du couloir désert, elle lui dit :

« Vous êtes épouvantable... À cause de vous, je n'ai pas dormi de la nuit. Et je me suis décidée. Qu'il en soit fait comme il vous plaira ! Je me donnerai à vous. »

Korotkov regarda le visage basané aux yeux énormes et qui sentait le muguet, émit un son guttural et ne dit mot. La brune rejeta la tête en arrière, montra les dents avec un air de martyre, saisit la main de Korotkov, l'attira contre elle et lui chuchota :

« Pourquoi restes-tu muet, séducteur ? Tu m'as subjuguée par ta bravoure, mon serpent. Embrasse-moi donc, embrasse-moi vite tant qu'il n'y a personne de la commission de contrôle ! »

Un bruit étrange jaillit à nouveau de la bouche de Korotkov. Il chancela, sentit sur ses lèvres quelque chose de doux et de sucré, et d'énormes pupilles apparurent tout contre ses yeux.

« Je me donnerai à toi... entendit-il murmurer tout près de sa bouche.

— Je n'en ai pas besoin, répondit-il d'une voix éraillée. On m'a volé mes papiers.

— Tiens, tiens ! » entendit-on soudain par-derrière.

Korotkov se retourna et aperçut le petit vieux en lustrine.

« A-ah ! s'écria la brune, et elle s'enfuit vers la porte, le visage caché dans les mains.

— Hi ! dit le vieillard. Ça, c'est pas mal ! Où qu'on aille, vous êtes là, monsieur Kolobkov. Eh bien ! Vous êtes un sacré lascar. Mais ne vous gênez pas ! Vous pouvez toujours donner des baisers, ce n'est pas comme ça que vous décrocherez un ordre de mission. Alors qu'on en a donné un au vieillard que je suis. Aussi, je pars, moi. Eh ! oui, monsieur. »

En disant ces mots, il lui fit la figue de sa petite main toute sèche.

« Et je déposerai un joli petit rapport contre vous, poursuivit la lustrine avec hargne. Oui, monsieur. Vous en avez défloré trois à la division centrale et, ainsi donc, vous vous attaquez maintenant aux sous-divisions ? Que leurs petits anges soient maintenant en train de pleurer, ça vous est égal ? C'est qu'elles se lamentent, maintenant, les pauvres petites ; mais adieu, c'est trop tard. Rien ni personne ne leur rendra leur pudeur virginale ; pour ça non. »

Le vieillard sortit de sa poche un grand mouchoir parsemé de bouquets orange, pleura et se moucha.

« Vous voulez arracher des mains d'un pauvre vieillard les miettes des frais de déplacement, monsieur Kolobkov ? Eh bien ! Soit !... »

Le petit vieux se mit à trembler, éclata en sanglots et fit tomber son cartable.

« Prenez ! Mangez ! Il n'a qu'à crever de faim, le petit vieux sans parti, sympathisant, pensez-vous... C'est ça... C'est bien fait pour lui, le vieux chien. Seulement, souvenez-vous-en, monsieur Kolobkov, — la voix du vieillard prit un ton prophétique et menaçant et s'emplit de sonneries de cloches — il ne vous profitera pas, cet argent satanique, monsieur Kolobkov. Il vous restera en travers du gosier ! »

Et le vieillard se dégorgea en sanglots frénétiques.

Korotkov fut saisi d'une crise de nerfs. Tout d'un coup, de façon inattendue pour lui-même, il se mit à taper des pieds en cadence.

« Va-t'en à tous les diables ! dit-il d'une voix aigre et maladive qui retentit sous les voûtes. Je ne suis pas Kolobkov. Fous-moi la paix ! Je ne suis pas Kolobkov. Je ne pars pas ! Je ne pars pas ! »

Il commença à déchirer son col.

Le vieillard se dessécha instantanément et fut secoué de tremblements de peur.

« Au suivant ! » croassa la porte.

Korotkov se tut et se rua dessus. Il tourna à gauche en évitant la machine à écrire et se trouva devant un grand blond distingué en costume bleu. Le blond fit à Korotkov un signe de la tête et dit :

« Soyez bref, camarade ! D'un seul coup ! En deux temps, trois mouvements. Poltava ou Irkoutsk ?

— On m'a volé mes papiers, on me les a volés, répondit Korotkov, déchiré, en regardant tout autour de lui d'un air hagard. Et il y a un matou qui est apparu. Il n'a pas le droit. Je ne me suis jamais battu de ma vie. Ce sont les allumettes. Il n'a pas le droit de me persécuter. Je m'en moque, que ce soit Caleçonnière. On m'a volé mes pa...

— Mais c'est une bagatelle, répliqua l'homme bleu. On vous fournira tout l'équipement. Des chemises, des draps. Si vous allez à Irkoutsk, on vous donnera même une pelisse d'occasion. Soyez bref ! »

Il fit tinter musicalement une clef dans une serrure, tira un tiroir, jeta un coup d'œil à l'intérieur et dit avec courtoisie :

« Venez, je vous prie, Serge Nikolaïévitch ! »

Et, aussitôt, d'un tiroir de tremble surgit une tête aux

cheveux bien coiffés, clairs comme le lin, et aux yeux bleus d'une grande mobilité. À sa suite, un cou se déroula comme un serpent, un col empesé craqua, puis une veste apparut, des bras, un pantalon, et, une seconde plus tard, un secrétaire entièrement terminé émergeait sur le drap rouge en glapissant : « Bonjour ! » Il se secoua comme un chien qui vient de se baigner, descendit d'un bond, renfonça ses manchettes dans ses manches, sortit de sa poche une plume brevetée et, à l'instant même, se mit à gratter du papier.

Korotkov s'écarta vivement et tendit la main en disant plaintivement à l'homme bleu :

« Regardez ! Regardez ! Il vient de sortir de la table ! Qu'est-ce que c'est que ça ?

— Bien sûr, il vient d'en sortir, répondit l'homme bleu. Il ne peut tout de même pas rester couché toute la journée. Il est temps. C'est l'heure. Question de chronométrage.

— Mais comment ? Comment ? tintinnabula Korotkov.

— Ah ! Seigneur ! s'émut l'homme bleu. Ne me faites pas perdre de temps, camarade ! »

La tête de la brune surgit à la porte et cria d'un ton joyeux et surexcité :

« J'ai déjà fait envoyer ses papiers à Poltava. Et je pars avec lui. J'ai une tante à Poltava, par 43 degrés de latitude et 5 degrés de longitude.

— Eh bien ! C'est magnifique ! répondit le blond, parce que j'en avais assez de ces traînasseries.

— Je ne veux pas ! s'écria Korotkov, le regard errant. Elle va se donner à moi. Et moi, je déteste ça. Je ne veux pas ! Rendez-moi mes papiers ! Mon nom sacré. Restituez-le !

— Camarade, ça c'est au bureau où l'on contracte les unions conjugales, glapit le secrétaire. Nous ne pouvons rien pour vous.

— Oh ! Le nigaud ! s'écria la brune, apparaissant à nouveau. Accepte ! Accepte ! » cria-t-elle d'une voix de souffleur de théâtre. Sa tête disparaissait et réapparaissait tour à tour.

« Camarade ! — Korotkov éclata en sanglots et les larmes lui barbouillèrent le visage. Camarade ! Je t'en supplie, donne-moi des papiers ! Aie cette bonté ! Je t'en prie de toutes les fibres de mon cœur. Et je me retire au couvent.

— Camarade ! Pas de crises de nerfs ! Concrètement et abstraitement, exposez-moi par écrit, d'urgence et secrètement : Poltava ou Irkoutsk ? Ne faites pas perdre de temps aux gens occupés ! Défense de marcher dans les couloirs ! Défense de cracher ! Défense de fumer ! Ne pas gêner en venant faire de la monnaie ! gronda le blond hors de lui.

— Les poignées de main sont supprimées ! coqueriqua le secrétaire.

— Vive les étreintes ! chuchota avec passion la brune, qui passa donc la pièce en coup de vent, parfumant au muguet le cou de Korotkov.

— Il est dit dans le treizième commandement : tu n'entreras pas chez ton prochain sans te faire annoncer ! mâchonna l'homme de lustrine, et il traversa les airs en agitant les ailes de sa pèlerine... Aussi, je n'entre pas, je n'entre pas, messieurs. Mais je vais tout de même vous glisser des petits papiers, tenez, comme ça, paf !... Il suffit que vous en signiez un seul et vous vous retrouvez sur le banc des accusés. »

Il jeta de son ample manche noire un paquet de feuilles blanches qui volèrent de tous côtés et recouvrirent les tables, comme des mouettes les rochers au bord de la mer.

Un voile de brume flotta dans la pièce et les fenêtres oscillèrent.

« Camarade blond ! pleurait Korotkov épuisé. Abats-moi

sur place si tu veux, mais délivre-moi n'importe quel papier ! Je te baiserai la main. »

Dans le brouillard, le blond se mit à enfler et à grandir, sans cesser une minute de signer frénétiquement les feuilles du vieillard et de les lancer au secrétaire qui les attrapait en gargouillant de joie.

— Qu'il aille au diable ! gronda le blond. Au diable ! Hé ! Les dactylos !

Il fit un signe de sa main énorme, le mur s'effondra sous les yeux de Korotkov, et trente machines à écrire, sur leurs tables, faisant sonner leurs timbres, se mirent à jouer un fox-trot. Remuant les cuisses, dodelinant voluptueusement des épaules, lançant de leurs jambes crème des flots d'écume blanche, trente femmes se mirent en branle pour la parade d'ouverture en faisant le tour des tables.

Des serpents de papier blanc se glissèrent dans les gueules des machines à écrire, se mirent à s'enrouler, à se découper et à se coudre. Un pantalon blanc émergea, avec des bandes violettes. « Le porteur de la présente est effectivement le porteur et pas une arsouille. »

« Mets-le ! tonna le blond dans le brouillard.

— Brrr ! » pleurnicha Korotkov d'une voix aigrelette, et il se tapa la tête contre le coin de la table du blond. Sa tête en fut soulagée un instant, puis un visage mouillé de larmes s'agita devant Korotkov.

« De la valériane ! » cria quelqu'un sur le plafond.

La pèlerine, tel un oiseau noir, obscurcit la lumière et le petit vieux chuchota anxieusement :

« Maintenant, il n'y a plus qu'une seule chance de salut : il faut aller trouver Dyrkine à la cinquième section. Au large ! Au large ! »

Une odeur d'éther se répandit, puis des mains transportèrent Korotkov avec douceur dans le couloir à demi obscur. La pèlerine l'étreignit et l'entraîna en chuchotant et en ricanant :

« Eh bien ! Je leur ai joué un joli tour : avec ce que je leur ai glissé sur leurs tables, aucun d'eux ne coupera à moins de cinq ans avec retrait des troupes du champ de bataille. Au large ! Au large ! »

La pèlerine s'écarta d'un coup d'aile. Un vent humide souffla de la grille qui s'enfonçait dans l'abîme.

LE TERRIBLE DYRKINE

La cabine de glace se mit à descendre et deux Korotkov dégringolèrent jusqu'en bas. Le Korotkov principal, numéro un, oublia Korotkov numéro deux dans la glace de la cabine et sortit seul dans la fraîcheur du hall. Un homme très gros et rose, en haut-de-forme, accueillit Korotkov par ces mots :

« Ça, c'est magnifique. Eh bien ! je vous arrête.

— On ne peut pas m'arrêter, répondit Korotkov en éclatant d'un rire satanique, parce qu'on ne sait pas qui je suis. Pour sûr ! On ne peut ni m'arrêter, ni me marier. Et je n'irai pas à Poltava. »

Le gros homme trembla d'effroi, regarda Korotkov dans les pupilles et recula.

« Essaie un peu de m'arrêter ! piailla Korotkov en tirant au gros sa langue blanche qui sentait la valériane. Comment peux-tu m'arrêter si au lieu de papiers j'ai... des clous ? Je suis peut-être Hohenzollern.

— Seigneur Jésus ! fit le gros en se signant d'une main tremblante, et, de rose, il devint jaune.

— Vous n'auriez pas vu Caleçonnière par hasard ? demanda Korotkov d'un débit saccadé, et il regarda autour de lui. Réponds, gros plein de soupe !

— Pas du tout, répondit le gros en changeant sa couleur rose pour la grise.

— Alors, comment je vais faire? Hein?

— Il faut aller trouver Dyrkine, à coup sûr, bredouilla le gros. C'est ça, il faut aller trouver Dyrkine, c'est le mieux. Seulement, il est terrible. Ça, il est terrible. Et on n'a pas intérêt à s'approcher de lui. Il en a déjà balancé deux de là-haut. Il vient de casser le téléphone tantôt.

— D'accord! gémit Korotkov, et il cracha impétueusement. Maintenant, tout nous est égal. Allez! en haut!

— Ne vous cognez pas la jambe, camarade plénipotentiaire », dit tendrement le gros en faisant monter Korotkov dans l'ascenseur.

Sur le palier supérieur, ils tombèrent sur un petit de seize ans qui cria d'une voix effrayante :

— Où vas-tu? Arrête-toi!

— Ne me bats pas, dis monsieur! fit le gros en se recroquevillant et en se cachant la tête entre les mains. On va chez Dyrkine, lui-même.

— Passe! cria le petit. »

Le gros chuchota :

« Allez-y, vous, Votre Excellence. Moi, je vous attendrai ici sur ce banc. J'ai drôlement peur... »

Korotkov pénétra dans un vestibule obscur, puis dans une salle vide dans laquelle était étendu un tapis bleu clair tout usé. Devant la porte surmontée de l'inscription « Dyrkine », il hésita un peu, mais, ensuite, il entra et se trouva dans un cabinet gentiment meublé, avec un immense bureau framboise et une pendule au mur. Dyrkine, tout petit et replet, sauta sur un ressort de derrière son bureau et gueula en dressant la moustache :

« Silence ! » bien que Korotkov n'ait pas encore prononcé un seul mot.

Juste à cet instant apparut dans le cabinet un adolescent

blême qui tenait un cartable. Le visage de Dyrkine se couvrit instantanément de petites rides de sourire.

« Ah ! s'écria-t-il d'un ton doucereux. Arthur, Arthur'itch. Mes respects !

— Écoute, Dyrkine, dit l'adolescent d'une voix métallique, c'est toi qui as écrit à Pouzyriov que j'aurais soi-disant établi ma dictature personnelle à la caisse de retraite et que j'aurais piqué l'argent des retraites du mois de mai ? C'est toi ? Réponds, ignoble salaud !

— Moi ?... bredouilla Dyrkine, et le terrible Dyrkine se métamorphosa brusquement en Dyrkine le débonnaire. Moi, Arthur Dictatur'itch... Moi, bien sûr... Vous avez tort...

— Ah ! Fumier ! Fumier ! » dit l'adolescent en détachant les mots. Il hocha la tête, brandit son cartable et en flanqua un coup sur l'oreille de Dyrkine, comme on étale une crêpe sur une assiette.

Korotkov poussa un « aïe ! » machinal et se figea.

« Toi aussi, tu recevras la même chose, et tous les gredins qui se permettront de fourrer leur nez dans mes affaires », dit l'adolescent d'un ton imposant, et il sortit après avoir menacé Korotkov de son poing rouge en guise d'adieu.

Durant deux minutes, le silence régna dans le cabinet. Seules les pendeloques des candélabres tintaient, au passage de quelque camion.

« Voilà, jeune homme, dit le bon Dyrkine, humilié, avec un sourire amer, voilà comment on est récompensé de ses efforts. On ne dort pas la nuit, on ne mange pas à sa faim, on ne boit pas à sa soif, et le résultat est toujours le même : on prend sur la gueule. Peut-être est-ce aussi pour cela que vous êtes venu ? Eh bien !... Frappez Dyrkine, frappez-le ! Il doit avoir une bouille commune. Peut-être que ça vous fait mal à la main ? Alors, prenez donc un candélabre ! »

Et, de son bureau, Dyrkine tendit ses grosses joues tentatrices. Sans rien comprendre, Korotkov sourit de travers d'un air gêné, saisit un candélabre par le pied et, avec les bougies, en assena un coup sur la tête de Dyrkine. Il y eut un craquement. Du sang dégoutta du nez de Dyrkine et tomba sur le tapis de table. Il cria : « Au secours ! » et s'enfuit par une porte intérieure.

« Coucou ! cria joyeusement le coucou des forêts en bondissant hors du chalet de Nuremberg polychrome accroché au mur.

« Ku klux klan ! coucoula-t-il en se changeant en une tête chauve. On va noter comment vous tabassez les fonctionnaires ! »

La fureur saisit Korotkov. Il brandit le candélabre et en frappa la pendule. Celle-ci lui répondit par un grondement et un jet d'aiguilles en or. Caleçonnière bondit hors de la pendule, se transforma en coq blanc portant un écriteau « Documents classés » et fila par la porte. Les hurlements de Dyrkine retentirent aussitôt derrière la porte intérieure :

« Attrapez-le, le brigand ! »

Et des gens accoururent de tous côtés à pas lourds. Korotkov se retourna et prit ses jambes à son cou.

LE CINÉMA À COURRE ET L'ABÎME

Le gros sauta dans la cabine, se mit à l'abri des grilles et dégringola, tandis que s'élançaient dans le large escalier tout rongé dans l'ordre suivant : en tête, le haut-de-forme noir du gros ; derrière lui, le coq blanc classé ; à la suite du coq, un chandelier qui passa à un pouce de la petite tête blanche pointue ; puis Korotkov, l'adolescent de seize ans un revolver à la main et quelques autres personnes qui piétinaient les marches de leurs bottes ferrées. L'escalier gémit, retentissant d'un tintement de bronze au milieu des claquements angoissés des portes sur les paliers.

Quelqu'un se pencha de l'étage supérieur et cria dans un porte-voix :

« Quelle section est en train de déménager ? On a oublié un coffre-fort ! »

Une voix de femme répondit d'en bas :

« Les bandits ! »

D'un bond, Korotkov franchit le premier l'immense porte qui donnait à l'extérieur, après avoir dépassé le haut-de-forme et le candélabre. Il avala une portion énorme d'air brûlant et s'élança dans la rue. Le coq blanc rentra sous terre en laissant après lui une odeur de soufre. La pèlerine noire se tissa de fils d'air et vint tricoter à côté de Korotkov en jetant un long cri aigu :

« On bat les membres de la corporation, camarades ! »

Au passage de Korotkov, les passants bifurquaient et se faufilaient sous les porches. Des souquenilles courtes s'illuminaient au soleil et s'éteignaient. Quelqu'un huchait frénétiquement et criait : « Taïaut ! » Des cris rauques et angoissés s'allumaient : « Arrêtez-le ! » Des rideaux de fer s'abaissaient dans un fracas cadencé et un boiteux assis sur une ligne de tramway glapissait :

« C'est parti ! »

Des coups de feu crépitaient maintenant derrière Korotkov, fréquents et joyeux comme des pétards de sapin de Noël, et des balles cinglaient tantôt par le côté, tantôt par en haut. Grondant comme un soufflet de forge, Korotkov fonçait vers un bâtiment géant de dix étages dont un côté donnait sur la rue et la façade sur une étroite ruelle. Juste à l'angle, une enseigne de verre qui portait l'inscription « Restaurant and Beer » se fendit en étoile et un cocher d'un certain âge descendit de son siège et s'assit sur la chaussée d'un air languissant en disant :

« Ça, c'est pas mal ! Qu'est-ce qui vous prend, les gars ? Vous tirez sur n'importe qui, alors ? »

Un homme qui était accouru de la ruelle tenta de saisir Korotkov par le pan de sa veste et le pan lui resta dans les mains. Korotkov tourna au coin de la rue, fit plusieurs toises à toutes jambes et s'engouffra dans l'espace de glace du hall. Un garçon galonné à boutons dorés s'écarta d'un bond de l'ascenseur et fondit en larmes.

« Monte, monsieur, monte ! dit-il en chialant. Seulement, ne bats pas un orphelin ! »

Korotkov s'enfonça dans la boîte de l'ascenseur, s'assit sur le canapé vert en face de l'autre Korotkov et se mit à respirer comme un poisson sur le sable. Le gamin monta derrière lui en hoquetant, ferma la porte, saisit la corde et l'ascenseur s'éleva. Et aussitôt, dans le hall, des coups de feu grondèrent et des portes de verre se mirent à tourner.

L'ascenseur montait avec une douceur écœurante. Le gamin, apaisé, s'essuyait le nez d'une main et tirait la corde de l'autre.

« T'as raflé des sous, monsieur ? demanda-t-il avec curiosité en fixant Korotkov, qui était brisé.

— On attaque... Caleçonnière... répondit Korotkov en suffoquant, mais il vient de passer à l'offensive...

— Ce que t'as de mieux à faire, monsieur, c'est d'aller tout en haut, là où c'est qu'y a les salles de billard, conseilla le gamin. Là, tu te retrancheras sur le toit et tu tiendras le coup si t'as un mauser.

— Allez ! En haut !... » acquiesça Korotkov.

Au bout d'une minute, l'ascenseur s'arrêta sans secousse. Le gamin ouvrit les portes toutes grandes et dit en reniflant :

« Descends, monsieur ! Calte sur le toit ! »

Korotkov sauta, regarda tout autour de lui et tendit l'oreille. D'en bas parvenait un bourdonnement qui montait et s'amplifiait ; d'à côté, à travers une cloison de verre, le bruit de boules d'os qui s'entrechoquaient. Derrière la cloison, des visages inquiets apparaissaient furtivement. Le gamin se carapata dans l'ascenseur, s'enferma et dégringola.

Après avoir examiné la position d'un œil d'aigle, Korotkov hésita une seconde et, au cri martial de « En avant ! », il fit irruption dans la salle de billard. Il vit passer à toute allure des surfaces vertes avec des boules blanches luisantes et des visages blêmes. Un coup de feu partit d'en bas et tonna tout près de lui, répercuté par un écho assourdissant. Quelque part, des vitres tombèrent bruyamment. Comme s'ils avaient obéi à un signal, les joueurs jetèrent tous leurs queues en désordre et se ruèrent sur la porte latérale en piétinant, à la file indienne. Korotkov s'agita, referma la porte derrière eux en rabattant le crochet et verrouilla avec fracas la porte d'entrée de verre qui de l'escalier conduisait à la salle de billard et, en un clin d'œil, s'arma de boules. Quelques secondes passèrent et une première tête surgit derrière la vitre, à côté de l'ascenseur. Une boule partit des mains de Korotkov, traversa la vitre en sifflant et la tête disparut aussitôt. Une lueur blafarde jaillit et une deuxième tête poussa à sa place, puis une troisième. Les boules volèrent en se succédant et les vitres de la cloison éclatèrent l'une après l'autre. Un roulement sec ouvrit l'escalier. Une mitrailleuse se mit à hurler en réponse, aussi assourdissante qu'une machine à coudre Singer, et ébranla tout le bâtiment. Les vitres et leurs châssis furent découpés comme par un couteau dans leur partie supérieure et le plâtre se répandit en un nuage de poudre dans toute la salle de billard.

Korotkov comprit qu'il ne pouvait pas conserver sa position. Il prit ses jambes à son cou, la tête cachée dans les mains, et donna des coups de pied dans le troisième mur de verre, derrière lequel s'étalait le toit plat asphalté de l'édifice. Le mur se fendit et s'effondra. Sous le feu qui faisait rage, Korotkov réussit à lancer quinze billes sur le toit. Elles roulèrent de tous côtés sur l'asphalte comme des têtes coupées. Korotkov bondit derrière juste à temps, car la mitrailleuse prit plus bas et découpa toute la partie inférieure du châssis.

« Rends-toi ! » entendit-il confusément.

Korotkov découvrit aussitôt devant lui le soleil chétif juste au-dessus de sa tête, le ciel tout pâlichon, une brise légère, l'asphalte glacé. D'en bas, de l'extérieur, la ville se manifestait par un bourdonnement inquiet, amorti. Korotkov sauta sur l'asphalte, regarda autour de lui, saisit trois boules, bondit jusqu'au parapet, l'escalada et regarda en bas. Le cœur lui manqua. Il aperçut devant lui les toitures des maisons, qui semblaient aplaties et toutes petites, une place, sur laquelle des tramways avançaient tout doucement, et la foule semblable à des insectes. Korotkov distingua immédiatement des figurines grisâtres qui longeaient la fente de la ruelle en se trémoussant et s'approchaient du perron, suivies d'un lourd jouet parsemé de petites têtes dorées étincelantes.

« Je suis encerclé ! s'exclama Korotkov. Les pompiers ! »

Il se pencha par-dessus le parapet, s'y accrocha et lâcha trois boules l'une après l'autre. Elles s'élevèrent en tournoyant, puis, après avoir décrit un demi-cercle, elles dégringolèrent. Korotkov saisit encore trois boules, grimpa à nouveau, leva le bras et les lança. Les boules miroitèrent comme si elles étaient d'argent, devinrent toutes noires en redescendant, miroitèrent à nouveau et disparurent. Il sembla à Korotkov que les insectes s'étaient mis à courir avec affolement sur la place inondée de soleil. Il se pencha pour attraper encore un lot de munitions, mais il n'en eut pas le temps. Dans un fracas incessant de verre brisé, des gens apparurent dans la brèche de la salle de billard. Ils commencèrent à pleuvoir comme des petits pois en sautant sur le toit. Des casquettes et des capotes grises affluèrent. Le vieillard s'échappa par la vitre supérieure, sans toucher le sol. Puis le mur s'effondra complètement et livra passage au terrible Caleçonnière au visage rasé, qui glissait sur des patins à roulettes, un antique mousquet à la main.

« Rends-toi ! entendit hurler Korotkov devant, derrière et au-dessus de lui et tout fut couvert par l'insupportable et assourdissante voix de basse au timbre de casserole.

— Bien sûr, cria faiblement Korotkov, bien sûr. Le combat est perdu. Ta-ta-ta ! » chanta-t-il en sonnant avec les lèvres le signal de la retraite.

La hardiesse de la mort l'envahit. Il grimpa à un poteau du parapet en s'agrippant et en maintenant son équilibre par des mouvements rythmiques. Il s'y balança, se redressa de toute sa taille et cria :

« Plutôt la mort que le déshonneur ! »

Ses poursuivants étaient à deux pas de lui. Il voyait déjà leurs mains tendues ; déjà une flamme avait jailli de la bouche de Caleçonnière. Korotkov fut attiré à en perdre haleine par l'abîme ensoleillé. En poussant un cri de victoire strident, il sauta et s'éleva en l'air. Il eut instantanément la respiration coupée. Confusément, très confusément, il vit monter une chose grise percée de trous noirs comme par une explosion et passer à côté de lui. Ensuite, il vit très nettement la chose grise tomber par terre, tandis qu'il s'élevait vers la fente de la ruelle qui se trouvait maintenant au-dessus de lui. Puis un soleil de sang éclata dans sa tête et il ne vit plus rien du tout.

La Commune ouvrière Elpite N° 13

traduit par Yves Hamant

C'était ainsi. Chaque soir, les soixante-dix fenêtres de l'énorme bâtiment gris souris s'embrasaient au-dessus de la cour asphaltée, où se tenait une jeune fille près d'une fontaine. Le visage vert, muette et dénudée, une cruche à eau sur l'épaule, elle regardait tout l'été d'un air languissant dans un miroir rond, sans fond. En hiver, une couronne de neige se posait sur ses cheveux de pierre gonflés. Chaque soir, des voitures gargouillaient et tressautaient sur la gigantesque demi-lune toute lisse qui s'étendait devant les portes d'entrée, des petits fanaux mignons scintillaient au bout des limons de fringants équipages. Ah ! Si elle était connue, cette maison ! La luxueuse maison Elpite...

Un jour, par exemple, à dix heures du soir, une voiture de cent chevaux s'arrêta devant la porte principale, après avoir donné un joyeux et tonitruant coup de klaxon en majeur. Deux limiers, telles des ombres, surgirent de terre et s'engouffrèrent dans l'obscurité. Un troisième se faufila par la porte de service et descendit les marches glissantes qui conduisaient au sous-sol des domestiques. La portière d'un coupé verni s'ouvrit et un hôte très attendu en descendit.

Il resta jusqu'à trois heures du matin dans l'appartement N° 3, occupé par le général de cavalerie de Barrein.

Jusqu'à trois heures, le premier espion, épuisé par sa vie de loup à l'affût, veilla, appuyé contre le pied d'une cariatide grise. Jusqu'à trois heures, le second fuma dans la pénombre d'une volée d'escalier en écoutant tour à tour étouffés par les tapis, le tintement d'une rhapsodie hongroise — capriccioso — et les éclats impétueux d'une chanson tsigane :

Aujourd'hui nous buvons ! Demain nous boirons !
Nous buvons toute la semai-ai-ne ! Hé !
Une fois... encore une fois...

Jusqu'à trois heures, le dernier resta assis sur des saletés en coton imprimé tout déchiré dans le bouge du gardien-chef. Jusqu'à trois heures, des cônes de lumière blanche crue brillèrent sur la demi-lune. Et, d'étage en étage, un bruit courut le long d'un téléphone invisible qui murmurait avec fierté : Raspoutine est ici. Raspoutine. Propriétaire de coffre-fort au visage basané, trafiquant de marchandise vivante, Boris Samoïlovitch Christy, le plus génial de tous les gérants moscovites, devint, semble-t-il, encore plus mystérieux, encore plus hautain après la nuit chez de Barrein.

Des étincelles d'un orgueil d'acier s'allumèrent dans ses yeux noirs et les loyers furent rudement augmentés.

Quant au N° 2, Christy... mais à quoi bon parler de Christy ? Elpite lui-même, que la tempête soufflât ou qu'il neigeât, enlevait sa toque d'astrakan lorsqu'il croisait une femme vêtue de chinchilla qui descendait d'un coupé brillant comme un miroir. Et il souriait. Les comptes de cette femme étaient réglés par un homme si élevé qu'il n'avait pas de nom. Il signait d'un prénom orné d'un paraphe alambiqué... Il n'y a pas à dire. C'était une maison... À gens du grand monde, grande vie.

Par les soirs d'hiver, lorsque le démon, se faisant passer pour une tempête de neige, cabriolait et hurlait sous les chéneaux de fer des toits, les portiers diligents poussaient devant eux les congères de neige à l'aide de bâtis de planches et déblayaient la cour jusqu'à l'asphalte. Quatre ascenseurs montaient et descendaient sans bruit. Matin et soir, comme par enchantement, les harmonies grises des cheminées s'emplissaient de chaleur dans les soixante-quinze appartements. Sur les paliers, des lampes brûlaient dans les consoles... Au cœur des appartements, il y avait des baignoires blanches. Dans les antichambres majestueuses à demi obscures, des appareils téléphoniques mats... Des tapis... Un silence solennel régnait dans les cabinets de travail. Il y avait des fauteuils de cuir massifs. Jusque sur les derniers paliers logeaient des gens importants et massifs. Un directeur de banque, un homme très malin, un homme d'État qui avait le visage de Saint-Bris dans *Les Huguenots*, à peine gâté seulement par des yeux assez étranges, soit de malade, soit de criminel, un fabricant (bacchanales avec prises de vues au magnésium), des femmes bien nourries, toutes dorées, une basse soliste phénoménale de renommée internationale, et puis un général, et puis... Et du menu fretin : des avocats en jaquette, des médecins avorteurs...

C'était une grande époque...

Et il ne resta rien. *Sic transit gloria mundi !*

Il est terrible de vivre lorsque tombent des empires. Même la mémoire s'était mise à défaillir. Est-ce que cela avait bien été, Seigneur?... Général de cavalerie !... Quel drôle de nom !...

Eh oui !... Mais les choses étaient restées. On n'avait laissé personne les emporter.

Elpite lui-même n'était parti qu'avec ce qu'il avait sur le dos.

C'est alors que se colla à la porte, à côté du réverbère

(un « N° 13 » de feu), une plaque blanche avec une étrange inscription : « Commune ouvrière. » Un populo inouï apparut dans les soixante-quinze appartements. Les pianos s'étaient tus, mais les phonographes étaient vivants et chantaient souvent d'une voix lugubre. Des cordes se tendirent en travers des salons et du linge humide s'y suspendit. Les réchauds sifflaient comme des serpents. Et, nuit et jour, une odeur de brûlé qui prenait à la gorge flottait dans les escaliers. Les lampes disparurent de toutes les consoles, et, chaque soir, les ténèbres s'installaient. Des ombres y trébuchaient, un balluchon à la main, et criaient mélancoliquement :

« La Marie ! Eh ! la Marie ! Où-ce que t'es ? Ah ! merde ! »

Dans l'appartement N° 50, le parquet de deux pièces servit de bois de chauffage... D'ailleurs, à quoi bon raconter tout cela ?...

Mais il y avait un miracle : la Commune ouvrière Elpite était chauffée.

C'est que dans les deux pièces d'un appartement en sous-sol était resté... Christy.

Les trois hommes à qui était revenue la part du lion des tapis d'Elpite et qui avaient accroché à la porte de de Barrein, à l'entresol, le bout de papier « Direction » avaient compris que, sans Christy, la maison de la Commune ouvrière ne tiendrait pas un mois. Elle tomberait en ruine. Et ils avaient laissé l'affairiste au teint noir et mat avec sa casquette à visière vernie au sous-sol, derrière des rideaux verts. C'était une union monstrueuse : d'un côté, la direction tapageuse et encroûtée ; de l'autre, l'« intendant » ! Ça, c'était Christy ! Mais c'était l'union la plus solide du monde. Christy était justement l'homme qui, tout autant que la direction, désirait que la Commune ouvrière conservât intacte sa masse gris souris et ne tombât pas en poussière.

Ainsi donc, non seulement Christy ne fut pas lésé, mais on lui alloua même un salaire. Oh ! certes, il était insignifiant. C'était à peu près le dixième de ce que lui payait Elpite, qui, sans donner le moindre signe de vie, restait reclus dans deux pièces minuscules à l'autre bout de Moscou.

« Tant pis pour les cuvettes, tant pis pour les canalisations. Qu'elles aillent au diable ! disait Elpite avec passion en serrant les poings. Pourvu seulement qu'on chauffe ! Que l'on conserve l'essentiel ! Boris Samoïlovitch, protégez ma maison en attendant que tout ça soit terminé ! Et je saurai vous témoigner ma reconnaissance. Pardon ? Faites-moi confiance ! »

Christy faisait confiance, secouait sa tête aux cheveux ras grisonnants en signe d'approbation et, son rapport achevé, il s'en allait l'air renfrogné et soucieux. En approchant de la maison, il apercevait la direction à l'entrée, fermait les yeux de haine et blêmissait. Mais cela ne durait qu'une seconde. Ensuite, il souriait. Il savait patienter.

L'essentiel, c'était de chauffer. Ainsi, ils se procuraient des bons, apportaient du pétrole. Les cheminées chauffaient. 12°, 12° ! Si là où ils obtenaient le pétrole, quelque chose accrochait, Elpite payait largement. Ses yeux brûlaient.

« Bon, c'est bien... Je paierai. Payez-les tous les deux, ainsi que le secrétaire. Comment ? Arrêter ? Oh ! non, non ! Pas une minute... »

Christy était génial. Il avait déclaré tabou un appartement au quatrième étage du logis central, où se trouvait jadis l'atelier d'un artiste.

« Qu'on y installe Nikoulichine Georges !

— Ça, non, camarades, je vous prie. Je ne peux pas me passer d'une remise. C'est pour la maison, c'est pour vous-mêmes après tout. »

En fait, c'était un bric-à-brac. Il y avait quelques stupides décors, un trophée... Mais... mais il y avait aussi trente bidons d'essence d'Elpite et encore quelque chose que Christy gardait dans des paquets en attendant des jours meilleurs.

Et la grise Commune ouvrière N° 13 vivait sous une surveillance vigilante. Certes, la lumière s'éteignait sans cesse dans l'aile gauche... Le monteur, qui s'était mis à boire depuis le mois de janvier 1918, rétamé comme une casserole et rendu furieux, criait aux bonnes femmes :

« Ah ! Vous n'avez qu'à crever ! Faites encore plus claquer la porte à côté du tableau ! Je suis un bagnard, ou quoi ? C'est des heures supplémentaires. »

Et les bonnes femmes braillaient dans les ténèbres, avec rage et mélancolie à la fois :

— La Marie ! Eh ! la Marie ! Où-ce que t'es ? »

Et de nouveau elles allaient trouver le monteur.

« T'es un sa-laud ! Espèce de poivrot ! On se plaindra à Christy. »

Et, au seul nom de Christy, la lumière s'allumait magiquement.

Oui-da ! Christy, c'était un homme.

Il harcela la direction jusqu'à ce qu'elle s'adjoignît Nicoulichine Georges et lui conférât le titre de « contrôleur sanitaire ». Deux fois par semaine, Nikoulichine Georges faisait le tour des soixante-quinze appartements. Il tambourinait à coups de poing contre les portes fermées à clef et entrait sans façon par celles qui ne l'étaient pas, même s'il y avait là des femmes nues. Il se faufilait sous les caleçons humides et criait d'une voix rauque, terrible :

« Les ceux qui font leurs saloperies ici, à la porte dans les vingt-quatre heures ! »

Et il levait tribut sur ceux qui étaient pris en faute.

Le temps passa et, en février, en plein froid, il y eut de

nouveau une anicroche avec le pétrole. On avait accepté le pot-de-vin, mais on avait dit :

« On vous en donnera dans une semaine. »

Christy, en faisant son rapport à Elpite, laissa tomber d'une voix sombre :

« Ah ! Je suis si las ! Si vous saviez, Adolf Iossifovitch comme je suis las ! Quand tout cela s'achèvera-t-il donc ? »

Et alors on pouvait voir en effet que l'expression de son regard était devenue mélancolique, harassée.

« Boris Samoïlovitch ! Vous me faites confiance ? Eh bien ! Je vous le dis, c'est le dernier hiver. Et, l'été prochain, je les enverrai tous aux cinq cents diables, aussi facilement que je fume une cigarette. Comment ? Faites-moi confiance. Seulement, je vous en prie instamment, cette semaine-ci, surveillez vous-même , vous-même ! Pas de poêles ! Dieu nous en garde !... Cette aération... J'ai si peur. Mais aussi qu'on ne découpe pas les vitres ! Ils ne vont tout de même pas crever en une semaine ? Bon, ça durera peut-être six jours. Demain, j'irai moi-même trouver Ivan Ivan'-itch. »

Le soir, à la Commune ouvrière, Christy dit en expirant une vapeur blanche :

« Eh bien ! Tant pis... On prendra patience. Quatre à cinq jours. Mais pas de poêles ! »

Et la direction acquiesça.

« Bien sûr. Est-ce que c'est pensable ? Ce ne sont pas des conduits de fumée. Un malheur est si vite arrivé. »

Et Christy faisait lui-même le tour de la maison chaque jour. Et il allait tout particulièrement au quatrième étage. D'un œil vigilant, il veillait à ce que l'on n'installât pas de petits poêles noirs et que l'on ne montât pas de tuyaux dans les ouvertures traîtreusement engageantes qui se montraient aux angles de chaque pièce, juste sous le plafond.

Nikoulichine Georges aussi faisait ses rondes.

« Si y en a qui... C'est pas des conduits de fumée. Dans les vingt-quatre heures ! »

Le sixième jour, le supplice devint insupportable. Le fléau de la maison, la mère Annette Laflambée, en cheveux, cria dans la cage d'escalier à Nikoulichine Georges qui s'éloignait :

« Les salauds ! Y se sont engraissés sur notre dos ! Y se connaissent qu'à se taper du casse-gueule. Mais quand y faut s'occuper du chauffage, y a plus personne ! Hou ! Hou ! Que le diable les patafiole ! Que je disparaisse sous terre si je fais pas du feu aujourd'hui ! Il existe pas ce droit-là, de pas permettre ! Le diable bigleux ! (C'était au sujet de Christy.) Il a qu'un souci : y veut pas qu'y ait de suie qui salisse la maison... Il attend son maître, on sait tout !... Pour lui, le travailleur, y peut bien crever ! »

Et Nikoulichine Georges reculait de marche en marche en marmonnant, déconcerté :

« Ah ! Quelle enquiquineuse, la mémère !... Ça, pour une enquiquineuse... »

Mais il se retournait tout de même et répliquait en faisant feu bruyamment :

« Je t'en foutrai du chauffage ! Dans les vingt-quatre heures ! »

Et d'en haut :

« Fils de pute ! J'irai jusqu'à Karpov ! Quoi ? Ah ! çà ! faire crever de froid les travailleurs. »

Ne condamnez pas ! Le supplice du froid. Il rendrait furieux n'importe qui...

. . . .

... À deux heures du matin, lorsque Christy dormait, lorsque Nikoulichine dormait, lorsque, dans toutes les pièces, pelotonnés comme des petits chiens, dans la chambre N° 5 de l'appartement 50, il faisait aussi bon qu'au paradis. Derrière les fenêtres noires soufflait une tempête infernale, tandis que dans le poêle dansait un petit prince de feu qui brûlait les carrés du parquet.

« Ah ! Le tirage est bon ! s'extasiait Laflambée Annette en regardant tantôt la petite bouilloire, dont le couvercle tapait doucement, tantôt l'anneau noir qui s'enfonçait dans la bouche d'aération. Le tirage est excellent. En voilà des ordures, le Seigneur me pardonne ! Ça les contrarie ou quoi ? Enfin, peu importe. Ni vu ni connu. »

Et le prince dansait, les étincelles se répandaient dans le tuyau noir et s'envolaient dans la gueule mystérieuse. Et, de là, dans les noirs détours de l'étroit conduit d'aération garni de feutre... Puis au grenier...

. . . .

Les flambeaux vacillants de l'escouade de l'Arbat scintillèrent les premiers... D'une main, Christy arracha le micro du téléphone de son crochet et, de l'autre, il déchira le rideau vert...

... En avant, les gars de la Prétchistenka ! Reine des Cieux ! Camarades ! Neuf cent trente personnes se réveillèrent en même temps. Elles virent les vitres ensanglantées d'une lueur qui frémissait comme un serpent. Saints du paradis ! Ouille ! Ouille ! Les portes se mirent à crépiter à qui mieux mieux, comme des mitrailleuses... Mademoiselle ! Oh ! Mademoiselle ! Un... Oh ! Vingt-deux... dix-huit. 18... En avant les gars de la Krasnaïa Presnia !

... Du quatrième étage, des cascades se déversèrent sur les marches. Dans les cages d'escalier, dans les ascenseurs, jusqu'à la cave, ce fut le Niagara. Au se-cours ! Allez, l'escouade de Khamovniki !

Hé ! Ils ont quelque chose dans le ventre, ces pompiers.

Ces chevaliers intrépides en casque d'or sanglant, vêtus de grosse toile. Ils dévissaient les escaliers. Des tuyaux gris rampèrent comme des boas. Nom de Dieu ! Merde ! Ils arrachaient les feuilles de fer à l'aide de crochets. Ils donnaient de terribles coups de hache, comme dans un combat. Les jets d'eau sifflaient à gauche, à droite, s'élevaient dans le ciel. Merde ! Merde ! Et le tonnerre grondait, grondait, grondait. À la vingtième minute, ceux de la Gorodskaïa arrivaient, lançant des étincelles, avec leurs lumières, leurs casques...

Mais l'essence, mes bons amis, l'essence ! Nous sommes perdus, pauvres de nous ! L'essence ! À côté de Laflambée Annette, à côté de la chambre N° 5. Un coup partit. Une fois... Encore une fois !...

Encore maintes et maintes fois...

Des accords, tout à fait menaçants maintenant, retentirent : ce n'était déjà plus le petit prince, mais le roi du feu qui s'était mis à jouer une rhapsodie. Et il ne jouait pas capriccioso, mais brioso, avec une fougue qui inspirait l'effroi. Les gars de la Strétenka débouchèrent de la ruelle. Allez-y ! Pompez ! Pompez ! Le feu éclata pour les saluer. Ça péta si fort qu'en un clin d'œil il ne resta plus une seule vitre dans l'aile gauche. Dans le corps de logis, il y avait un gouffre de feu. Les feuilles de fer se mirent à voler au-dessus comme des manteaux de deuil aux ailes de papillon.

Les casques de cuivre montèrent à l'assaut de l'aile gauche. Dans le logis central, le démon souffla si fort que, au 3e étage, au numéro 49, il barra le passage à la mère Pavlovna, la vendeuse de caramels mous. Poussant un hurlement suprême, elle se jeta par la fenêtre. On vit briller ses jambes nues, toutes jaunes. Le service des urgences ! 1 - 22 - 31 ! Venez soigner une galette sanglante ! Saints du paradis ! Jeannot a brûlé ! Jeannot ! Où est le papa ? Ouille ! Ouille ! La machine, la machine ! La machine à coudre, mes aïeux ! Les balluchons lancés par les fenêtres faisaient pouf sur l'asphalte. Attends ! Ne le balance pas ! Camarades !... Et, jetés du quatrième étage de l'aile droite, onze assiettes d'un ex-service de faïence qui avait appartenu aux sales bourgeois, empaquetées dans un ballot, s'écrasèrent avec un formidable « splatch ». Et Nikoulichine Georges avait été, et Nikoulichine Georges n'était plus. À la place de sa tête, il y avait de la bouillie ; à la place de la faïence, des tessons dans un drap. Camarades ! Ouille ! On a oublié la Tania !... Encerclez le bâtiment à partir de la ruelle ! Reculez ! En arrière ! Merde ! Nom de Dieu !

Un des chevaliers intrépides reçut une décharge électrique à la cave. Un autre trouva la mort dans le ruisseau d'essence qui dévalait, couvert de petits feux furieux. Une poutre s'arracha et frappa un troisième, lui sectionnant la colonne vertébrale.

Des gens courent, un samovar à la main, une icône recouverte d'une plaque d'argent dans l'autre, vêtus seulement d'une chemise. Des cris stridents s'élèvent. Les haches grincent et grondent, grincent et grondent. En arrière ! Le plafond ! Et ça cogne, et le deuxième étage s'écroule sur le premier, et le premier sur le rez-de-chaussée.

Et c'est déjà l'enfer. Un véritable enfer. Le souffle du brasier allumé dans le logis fouette si fort que les cheveux se dressent sur la tête. Dzinng, dzinng font les dernières vitres, les plus éloignées.

Les pompiers étouffent dans la fumée et vacillent. La pression leur arrache les lances des mains. En avant la réserve ! Mais à quoi bon la réserve ? On ne peut déjà plus s'approcher du corps de logis à dix toises ! Les yeux vont éclater...

. . . .

Pour la première fois de sa vie, Christy pleurait. Le Christy grisonnant, le Christy d'acier. Il se tenait dans la ruelle, près d'un poteau humide d'une palissade. Il faisait si clair qu'on aurait pu déchiffrer une toute petite écriture. Christy avait mis sa pelisse de travers et l'on pouvait voir sa poitrine nue. D'ailleurs, il ne faisait pas froid. Christy braquait les yeux, sans pouvoir les détourner, sur les cariatides, dont il voyait flamber les visages immobiles à travers les ombres noires qui s'agitaient. Des larmes coulaient doucement sur ses joues bleuâtres. Il ne les essuyait pas et il continuait à regarder fixement en direction des cariatides.

Une fois seulement, il hocha la tête, lorsque Elpite lui toucha l'épaule et lui dit d'une voix enrouée :

« Allons ! À quoi bon rester plus longtemps ?... Partons, Boris Samoïlovitch ! Vous allez prendre froid. Partons ! »

Mais Christy secoua la tête encore une fois.

« Partez !... Je vous rejoins tout de suite. »

Elpite disparut au milieu des ombres et des flambeaux, pataugeant dans la neige ramollie, en se frayant un chemin jusqu'à un cocher. Christy resta. Il tourna seulement ses regards vers le ciel blêmissant, dans lequel se balançait, étendue de tout son long, une bête orange brûlante...

... Laflambée Annette aussi regardait la bête. Poussant des soupirs et des gémissements étouffés, elle courait à travers les ruelles enneigées, silencieuses. La suie et les larmes rendaient son visage semblable à celui d'une sorcière.

Tantôt elle murmurait quelque ineptie :

« On va me condamner... On va me condamner, pauvre de moi... »

Tantôt elle sanglotait.

Depuis longtemps, longtemps déjà, les hurlements, les cris, les gens nus et les terribles éclairs des casques étaient restés en arrière. La ruelle était silencieuse et il tombait à peine une petite neige très fine. Mais le ventre de la bête était toujours suspendu dans le ciel. Il continuait à vaciller et à chatoyer. La noire pensée qu'« il était arrivé un malheur » et le reflet du ventre de feu qui se répandait triomphalement dans le ciel avaient tant torturé et tourmenté Laflambée Annette qu'elle finit par trouver un apaisement indolent, et, surtout, pour la première fois de sa vie, son esprit s'illumina.

Elle s'arrêta pour reprendre son souffle, se flanqua sur une marche et s'assit. Et ses larmes séchèrent.

Elle appuya sa tête contre ses mains et pensa distinctement pour la première fois de sa vie.

« Nous sommes des brutes, des ignares. On a besoin d'être éduqués, bêtes que nous sommes... »

Après avoir repris son souffle, elle se releva et s'en alla à pas lents cette fois, sans se retourner pour voir la bête. Elle continuait seulement à se barbouiller le visage de suie et elle reniflait.

Quant à la bête, lorsque le ciel blêmit, elle se mit à pâlir à son tour et à s'embrumer. Elle s'embruma de plus en plus, se recroquevilla, s'enroula en un ruban de fumée noire et disparut.

Et il ne resta dans le ciel plus aucune trace de l'incendie de la fameuse Commune ouvrière Elpite N° 13.

Les aventures de Tchitchikov

Poème en dix points
avec prologue et épilogue

traduit par Yves Hamant

« Attention ! Attention, imbécile ! cria Tchitchikov à Sélifane.

— Je vais te faire tâter de mon sabre ! hurla un messager aux moustaches d'une aune de long, qui galopait à leur rencontre. Que le diable te patafiole ! Tu ne vois pas que c'est une voiture du Domaine[1] *! »*

PROLOGUE

Songe insolite... Il m'a semblé voir ce plaisantin de Satan ouvrir les portes du royaume des ombres, au-dessus desquelles scintillait une veilleuse inextinguible devant l'inscription « Âmes mortes ». Le royaume des morts s'était animé et il en était sorti à la queue leu leu toute une ribambelle infinie.

1. Nicolas Vassiliévitch Gogol, *Les Âmes mortes*, première partie, ch. XI.

Dans ce récit, où il met en scène les personnages des *Âmes mortes* — et aussi du *Révizor*, des *Joueurs*, etc. — qu'il transporte dans la Russie soviétique de la N.E.P., Boulgakov puise largement dans le texte de Gogol, dont il reprend des expressions, des phrases entières.

Manilov en pelisse de peau d'ours, Nozdriov dans une voiture à chevaux qui n'était pas à lui, Grande-Gueule sur une pompe à incendie, Sélifane, Pétrouchka, Fétinia...

Le dernier à s'ébranler avait été Pavel Ivanovitch Tchitchikov, dans sa fameuse britchka.

Et toute la bande avait mis le cap sur la Sainte-Russie soviétique : il s'y produisit alors des événements stupéfiants. Lesquels ? En voici le récit point par point.

I

À Moscou, Tchitchikov était descendu de sa britchka et était monté en automobile. Tout en filant le long des ravines moscovites, il agonisait Gogol d'injures :

« Qu'il lui pousse sous chaque œil, à ce fils du diable, une cloque grosse comme une meule de foin. Il m'a couvert d'ordure, il a si bien sali ma réputation que, maintenant, je ne peux plus montrer le nez nulle part. Que l'on apprenne en effet que je suis Tchitchikov, et, naturellement, en moins de deux, on m'enverra valdinguer à tous les diables. Et encore heureux qu'on se contente de m'envoyer dinguer, sinon, Dieu m'en préserve, je pourrais bien aller pourrir à la Loubianka. Et tout ça à cause de Gogol. Que lui et toute sa famille soient... »

Absorbé par ces pensées, il pénétra sous le porche de ce même hôtel dont il était parti cent ans plus tôt.

Tout, décidément, y était comme avant : des cafards se montraient toujours par les fentes et même, semblait-il, ils s'étaient faits plus nombreux. Mais il y avait bien eu aussi quelques petites transformations. Ainsi, par exemple, l'enseigne « Hôtel » avait fait place à une affiche qui portait l'inscription « Foyer No tant » et, bien sûr, la saleté et la crasse étaient telles que Gogol ne pouvait même pas en avoir idée.

« Une chambre !

— Montrez votre billet de logement ! »

Notre génial Pavel Ivanovitch ne se troubla pas une seconde.

« Le directeur ! »

Et toc : le directeur est une vieille connaissance, le père Pimène-le-Chauve, qui tenait jadis le troquet »Le Requin » et venait maintenant d'ouvrir rue de Tver un café à la russe avec des inventions allemandes : des sirops d'orgeat, des liqueurs aux aromates, et, bien sûr, des prostituées.

L'hôte et le directeur se firent une grosse bise, chuchotèrent tous les deux, et tout s'arrangea en un clin d'œil sans le moindre billet de logement. Pavel Ivanovitch mangea un morceau sur le pouce et courut chercher une situation.

II

Il se montra partout et charma tout le monde par sa façon de saluer, la tête légèrement penchée, et par l'érudition colossale qui l'avait toujours distingué.

« Remplissez un questionnaire. »

On donna à Pavel Ivanovitch un formulaire d'une aune de long qui contenait cent questions des plus insidieuses : d'où venait-il ? où avait-il été ? et pourquoi ?

En moins de cinq minutes, Pavel Ivanovitch eut rempli le questionnaire en entier. Sa main, seulement, trembla quand il le rendit.

« Eh bien ! pensa-t-il, on va maintenant le lire et voir quel beau trésor je suis, et alors... »

Et alors, il ne se passa absolument rien.

Primo, personne ne lut le questionnaire. Secundo, il tomba entre les mains d'une secrétaire qui fit comme elle en avait l'habitude : elle l'enregistra comme document classé au lieu de l'enregistrer comme document à classer, puis, aussitôt, elle le fourra on ne sait où, de sorte qu'il disparut sans laisser de traces.

Tchitchikov sourit avec malice et commença sa carrière.

III

Par la suite, tout fut de plus en plus facile. Tout d'abord, Tchitchikov regarde autour de lui : à chaque pas des gens à lui sont embusqués. Il fonça au bureau où, à ce qu'on lui avait dit, on distribuait les rations, et là, il entend :

« Je vous connais, tas de grigous. Vous prenez un chat vivant, vous l'écorchez et c'est ça que vous donnez comme ration ! Moi, je veux une côte de mouton avec de la kacha. Parce que votre grenouille de rationnement, vous pourriez la saupoudrer de sucre que je n'y toucherais même pas, pas plus qu'à votre hareng pourri. »

Et qui voit-il ? Sobakiévitch.

Ce dernier, aussitôt arrivé, était allé illico réclamer une ration. Et, ma foi, il l'avait obtenue ! Il la mangea et demanda du supplément. On lui en donna. Ça ne lui suffit pas. On lui octroya une deuxième ration ; il en avait reçu une simple, on lui en donna une spéciale. Ça ne lui suffit pas. On lui donna alors je ne sais quelle ration réservée. Il la bouffa et en réclama encore une. Et en faisant du scandale par-dessus le marché ! Il les traita alors tous de Judas, dit que c'était plein de filous, plus filous les uns que les autres, et qu'il n'y avait qu'un homme comme il faut parmi eux : le secrétaire. Mais, à parler franc, c'était un cochon.

On lui donna une ration réservée aux académiciens.

Dès que Tchitchikov eut vu comment Sobakiévitch s'y prenait pour les rations, il s'en procura immédiatement lui aussi. Mais, bien sûr, il surpassa Sobakiévitch lui-même. Il obtint une ration pour lui, une pour sa femme inexistante et son enfant, une pour Sélifane, une pour Pétrouchka, une pour le fameux oncle dont il avait parlé à Bétrichtchev, une pour sa vieille mère, qui n'était plus de ce monde. Et pour chacun, une ration académique. De sorte qu'on se mit à lui apporter la marchandise en camion.

La question de l'alimentation ainsi réglée, il se propulsa dans d'autres bureaux à la recherche d'un emploi.

Un jour, filant en automobile le long du Kouznietski Most, il rencontra par hasard Nozdriov. Celui-ci lui confia aussitôt qu'il avait déjà vendu sa chaîne et sa montre. Et, en effet, il n'avait sur lui ni montre ni chaîne. Mais Nozdriov ne s'en faisait pas. Il lui raconta comme la chance lui avait souri à la loterie, où il avait gagné un quart de litre d'huile de tournesol, un verre de lampe et des semelles pour chaussures d'enfant ; mais, ensuite, la chance avait tourné et il en avait été, les canailles, de ses six cents millions de roubles. Il raconta comment il avait proposé à l'office du commerce extérieur de livrer à l'étranger un lot de véritables poignards caucasiens. Et il les avait livrés. Et cela lui aurait rapporté des mille et des cents si ces salauds d'Anglais, qui avaient remarqué sur les poignards l'inscription « Maître Savéli Sibiriakov », ne les avaient pas tous mis au rebut. Il entraîna Tchitchikov dans sa chambre d'hôtel et lui fit boire un merveilleux cognac qu'il avait soi-disant reçu de France, bien qu'il sentît l'alcool frelaté à plein nez. Et, enfin, il lui raconta tant de balivernes qu'il en vint même à lui soutenir qu'il avait reçu huit cents aunes de tissu, une voiture bleu foncé avec des dorures et un billet de logement dans un édifice à colonnes.

Quand son beau-frère Mijouiev exprima ses doutes, il l'injuria et le traita non pas de Sophronius, mais tout simplement de salaud.

En un mot, il assomma tant Tchitchikov que ce dernier ne savait comment s'en dépêtrer.

Mais les récits de Nozdriov lui avaient donné l'idée de s'occuper lui aussi de commerce extérieur.

IV

C'est ce qu'il fit. De nouveau, il remplit un questionnaire : il se mit à l'ouvrage et se montra dans tout son éclat. Il fit passer à travers la frontière des moutons couverts d'une double toison qui dissimulait des dentelles de Malines. Il transporta des diamants dans des roues, dans des timons, cachés dans les oreilles et Dieu sait en quels autres endroits.

Et en un rien de temps, il se trouva à la tête d'un capital de cinq cents briques.

Mais il ne s'arrêta pas en si bon chemin et il adressa aux services compétents une requête comme quoi il désirait affirmer une certaine entreprise, décrivant sous les plus belles couleurs les bénéfices qu'en retirerait l'État.

Dans les bureaux, on en resta bouche bée : les bénéfices, en effet, seraient colossaux. On demanda à Tchitchikov d'indiquer l'entreprise. Qu'à cela ne tienne. Sur le boulevard de Tver, juste en face du Monastère de la Passion, en traversant la rue. L'entreprise s'appelle Pampouche sur le Tverboul. On envoya une demande de renseignements aux services compétents : y avait-il bien un machin de ce genre à cet endroit ? On répondit que oui et qu'il était connu de tout Moscou. Très bien.

« Apportez le devis. »

Tchitchikov l'avait en réserve.

On lui afferma l'entreprise.

Sans perdre de temps, il courut s'adresser aux services compétents :

« Versez-moi un acompte !

— Présentez une demande en trois exemplaires, avec toutes les signatures et les cachets requis. »

Moins de deux heures plus tard, il présentait la demande. Tout était en règle. Il y avait autant de tampons que d'étoiles dans le ciel et toutes les signatures y étaient.

Pour le Directeur : Mets-les-pieds-dans-le-plat.

Pour le Secrétaire : Bec-de-cruche.

Pour le Président de la Commission tarifaire : Elisabet Moineau.

« Ça va. Voici le bon. »

Le caissier poussa un cri inarticulé quand il vit la somme à verser.

Tchitchikov signa. Il fallut trois fiacres pour emporter tous les billets de banque.

Puis, dans un autre bureau :

« Faites-moi un prêt sur dépôt de marchandise.

— Montrez la marchandise.

— Je vous en prie. Veuillez avoir l'obligeance d'envoyer un de vos agents.

— Un agent ! »

Mince ! L'agent aussi est une de ses connaissances : Émilien Gobe-mouches.

Tchitchikov le prit avec lui et l'emmena. Il le conduisit

dans la première cave venue et la lui montra. Émilien regarde et voit une quantité de marchandises incalculable.

« Ouais... Tout ça, c'est à vous ?

— À moi.

— Dans ce cas je vous félicite. Ce n'est pas millionnaire que vous êtes, mais trillionnaire. »

Nozdriov, qui leur était aussitôt tombé sur le dos, versa encore de l'huile sur le feu.

« Tu vois, dit-il, cette voiture chargée de bottes qui entre sous le porche. Eh bien, ces bottes aussi sont à lui. »

Puis il s'emballa et traîna Émilien dans la rue :

« Tu vois ces magasins ? Eh bien ! ce sont ses magasins à lui. Tout ce qui se trouve de ce côté-ci de la rue, c'est à lui. Tu vois ce tramway ? Il est à lui. Les réverbères ? Ils sont à lui. Tu vois, tu vois ? »

Et il le fait tourner de tous côtés.

À la fin, Émilien supplia :

« Je le crois ! Je vois bien... Seulement par pitié, laisse-moi en paix. »

Ils retournèrent au bureau.

Là on leur demande :

Et alors ?

Émilien répondit par un geste de la main.

« C'est indescriptible, dit-il.

— Eh bien ! puisque c'est indescriptible, qu'on lui donne n+1 milliards.

V

Par la suite, la carrière de Tchitchikov prit une tournure vertigineuse. Que ne fit-il pas ! Cela passe l'entendement. Il fonda un trust qui devait extraire du fer de la sciure de bois et reçut un nouveau prêt. Il entra comme actionnaire dans une grande coopérative et nourrit tout Moscou de saucisson fabriqué avec de la charogne. La propriétaire terrienne Korobotchka, ayant appris qu'à Moscou, maintenant, « tout était permis », voulut acquérir des biens immobiliers. Il s'acoquina avec Zamoukhrychkine et Outiéchitelny et lui vendit le Manège, en face de l'Université. Il entreprit à forfait l'électrification d'une ville d'où l'on ne pouvait aller nulle part en galopant même pendant trois ans, et, après être entré en contact avec l'ancien gouverneur, il fit démolir une palissade et planter des jalons pour que cela ait l'air d'un chantier. Quant à l'argent affecté à l'électrification, il écrivit qu'il lui avait été dérobé par les bandes du Capitaine Kopéïkine. Bref, il fit des miracles.

Bientôt le bruit se répandit que Tchitchikov était trillionnaire. Les entreprises se le disputaient comme spécialiste. Et, déjà, Tchitchikov avait loué pour cinq milliards un appartement de cinq pièces ; déjà, il prenait ses repas au restaurant « Empire ».

VI

Mais soudain, il se produisit une catastrophe.

Ce fut Nozdriov, comme l'avait justement prédit Gogol,

qui perdit Tchitchikov, et Korobotchka qui l'acheva. Sans le moindre désir de lui faire une rosserie, mais tout simplement en état d'ivresse, Nozdriov alla raconter au champ de courses l'histoire de la sciure de bois et de l'entreprise inexistante que Tchitchikov avait affermée, et il conclut en disant que Tchitchikov était un filou et que, si c'était lui, il le ferait fusiller.

Le public se mit à réfléchir et la rumeur ailée se répandit comme une étincelle.

Là-dessus, il fallut encore que cette sotte de Korobotchka aille fourrer son nez dans un bureau pour demander quand elle pourrait ouvrir une boulangerie au Manège. On lui expliqua en vain que le Manège était un bâtiment public et qu'on ne pouvait ni l'acheter ni y ouvrir quoi que ce soit. La stupide bonne femme ne voulait rien entendre.

Les bruits qui couraient sur Tchitchikov devenaient de plus en plus graves. On se mit à se demander quel oiseau était donc ce Tchitchikov et d'où il pouvait bien venir. Des racontars surgirent, tous plus sinistres et fantastiques les uns que les autres. L'inquiétude s'insinua dans les cœurs. Les téléphones se mirent à sonner. Les consultations commencèrent. La Commission de construction appela la Commission de surveillance ; la Commission de surveillance, le *Jilotdiel* ; le *Jilotdiel*, le *Narkomzdrav* ; le *Narkomzdrav*, le *Glavkoustprom* ; le *Glavkoustprom, le Narkompros* ; le *Narkompros*, le *Proletkoult*, etc[1]...

On se précipita chez Nozdriov. Bien sûr, c'était stupide. Tout le monde savait que c'était un menteur et qu'on ne

1. *Jilotdiel :* Office du logement.
Narkomzdrav : Commissariat du Peuple à la Santé.
Glavkoustprom : Direction centrale de la Production artisanale.
Narkompros : Commissariat du Peuple à l'Instruction.
Proletkoult : Direction des Organisations culturelles prolétariennes.

pouvait prêter foi à aucune de ses paroles. Mais on fit appeler Nozdriov, et il répondit à tous les points.

Il déclara que Tchitchikov avait en effet affermé une entreprise inexistante et que lui Nozdriov, il ne voyait pas pourquoi Tchitchikov ne l'aurait pas fait puisque tout le monde le faisait.

À la question : Tchitchikov ne serait-il pas un espion blanc ? il répondit que c'était un espion et que récemment, on avait voulu le fusiller mais que, pour une raison quelconque, on ne l'avait pas fait. À la question : Tchitchikov n'était-il point un faux-monnayeur ? il répondit que c'était un faux-monnayeur et raconta même une anecdote sur l'extrême habileté de Tchitchikov : ayant appris que le gouvernement allait mettre en circulation de nouveaux billets, Tchitchikov avait loué un appartement au Bois de Marie et émis pour dix-huit milliards de faux billets ; et ceci deux jours avant la sortie des vrais ; et quand on fit une descente chez lui et qu'on mit les scellés à son appartement, en une nuit, il mélangea les faux billets avec des vrais, tant et si bien que le diable lui-même aurait été incapable de distinguer les premiers des seconds. À la question : était-il exact que Tchitchikov avait converti ses milliards en diamants pour fuir à l'étranger ? Nozdriov répondit que c'était la vérité et que lui-même l'avait aidé et avait participé à cette affaire et que, sans lui, cela eût raté.

Après les récits de Nozdriov, un abattement extrême s'empara de tous. On vit qu'il n'y avait aucune possibilité d'apprendre qui était Tchitchikov. Et l'on ne sait comment tout cela se serait terminé s'il ne s'était pas trouvé parmi toute la compagnie quelqu'un, qui, lui non plus, certes, n'avait jamais pris un livre de Gogol entre les mains, mais possédait une petite dose de bon sens et s'écria :

« Savez-vous qui est Tchitchikov ? »

Et quand tous hurlèrent en chœur :

« Qui ? »

Il prononça d'une voix d'outre-tombe :

« Un escroc. »

VII

Alors seulement, tout s'éclaircit dans leur tête. On se jeta à la recherche du questionnaire. Introuvable. Dans les documents à classer. Introuvable. Dans l'armoire. Introuvable. On s'adressa à la secrétaire chargée de l'enregistrement :

« Qu'est-ce que j'en sais ? Demandez à Ivan Grigor'-itch. »

À Ivan Grigor'itch :

« Où est-il ?

— C'est pas mes affaires. Demandez au secrétaire. »

Etc., etc.

Et soudain, contre toute attente, dans la corbeille à papiers : le voilà.

On se mit à lire et on en resta hébété.

Prénom ? Pavel. Patronyme ? Ivanovitch. Nom ? Tchitchikov. Fonction ? Personnage de Gogol. Occupation avant la Révolution ? Achat d'âmes mortes. Situation militaire ? Ni chair, ni poisson, ni diable sait quoi. Appartenance à un parti ? Sympathisant (de qui, on n'en sait rien). Casier judiciaire ? Zigzag ondulé. Adresse ? Tourner dans la cour, prendre à droite au deuxième étage, demander au bureau de renseignements la femme de l'officier supérieur Podtotchine, elle est au courant.

Signature ? Trempe dans l'encre ! !

La lecture achevée, on en reste pétrifié.

On fit appeler l'instructeur Bobtchinski.

« Fonce au boulevard de Tver à l'entreprise qu'il a affermée et dans la cour où sont entreposées ses marchandises. Peut-être qu'on y découvrira quelque chose. »

Bobtchinski revient. Les yeux ronds.

« Un événement extraordinaire !

— Eh bien ?

— Il n'y a pas du tout d'entreprise là-bas. C'est l'adresse de la statue de Pouchkine qu'il nous a indiquée. Et le stocks ne sont pas à lui mais à l'« Ara[1] ».

Et tous de beugler :

Saints du Paradis ! En voilà un drôle de zèbre ! Et nous lui avons donné des milliards ! ! Ben, y ressort de tout ça qu'y faut le rattraper présentement.

Et on essaya de le rattraper.

VIII

On appuya du doigt sur un bouton :

« Un courrier. »

Une porte s'ouvrit et Pétrouchka se présenta. Il y avait longtemps qu'il avait quitté Tchitchikov et qu'il était entré comme courrier dans un bureau.

« Prenez immédiatement ce pli et partez immédiatement.

— À vos ordres », dit Pétrouchka.

1. L'adresse de la statue de Pouchkine : cf. ch. IV, p. 201. L'abréviation comique « Pampouche sur le Tverboul » était répandue à Moscou au début des années vingt et désignait le « monument de Pouchkine sur le boulevard de Tver ».

« Ara » : pour « Aragvi », célèbre restaurant géorgien de Moscou.

Il prit le pli immédiatement, partit immédiatement, et, immédiatement, le perdit.

On téléphona à Sélifane au garage.

« Une voiture. D'urgence.

— De suite. »

Sélifane sursauta, couvrit son moteur d'un pantalon chaud, enfila une veste, bondit sur le siège, donna un coup de sifflet, un coup de klaxon et fila en trombe.

Quel est le Russe qui n'aime pas la course rapide ?

Sélifane aussi l'aimait et c'est pour cela que, juste à l'entrée de la rue de la Loubianka, il lui fallut choisir entre un tramway et la glace d'un magasin. Sélifane, en l'espace d'une tierce, opta pour la deuxième solution, évita le tramway et, en criant « Au secours », il pénétra comme un tourbillon à l'intérieur du magasin, à travers la glace.

Même Tentiétnikov, qui commandait à tous les Sélifane et tous les Pétrouchka, perdit patience.

Qu'on les congédie et qu'ils aillent se faire cuir un œuf !

On les congédia. On s'adressa à la bourse du travail qui à la place de Pétrouchka détacha le Prochka de Pliouchkine, et à celle de Sélifane, Grégoire Va-toujours-tu-n'arriveras-pas.

Cependant l'affaire continuait à se développer à un rythme infernal.

« Le bordereau des avances !

— Tenez.

— Que l'on fasse venir Mets-les-pieds-dans-le-plat. »

Il s'avéra qu'il était impossible de le faire venir. Environ deux mois auparavant, Mets-les-pieds-dans-le-plat avait été exclu du Parti et, aussitôt après, il s'était lui-même exclu de Moscou, puisqu'il n'avait décidément plus rien à y faire.

« Et Bec-de-Cruche ? »

Il était parti quelque part au diable vert donner des instructions à une administration de province.

On s'en prit alors à Elisabet Moineau. Inconnue au bataillon.

Il y avait bien une dactylo qui s'appelait Elisabeth, mais pas Moineau. Il y avait aussi l'aide de l'adjoint du second secrétaire du sous-directeur de sous-division Moineau, mais pas Elisabet !

On harcela la dactylo.

« C'est vous !

— Rien de tel ! pourquoi moi ? Ici, il s'agit d'Elisabet sans H. Est-ce que par hasard je suis sans H moi ? C'est tout le contraire. »

Et de fondre en larmes. On la laissa tranquille.

Cependant, tandis qu'on était occupé avec Moineau, Samosvistov, l'accusateur public, fit savoir en douce à Tchitchikov que ça commençait à faire du grabuge, et, comme on l'imagine, Tchitchikov disparut sans laisser de traces.

Et c'est en vain que l'on envoya quelqu'un à l'adresse indiquée : en tournant à droite il n'y avait pas, bien entendu, le moindre bureau de renseignements, mais une cantine publique à l'abandon, toute délabrée. Une femme de ménage, Fétinia, sortit à la rencontre des arrivants et dit qu'y avait personne.

À côté, certes, en tournant à gauche, on trouva un bureau de renseignements : il était tenu non pas par la femme d'un officier supérieur mais par une certaine Podstiéga Sidorovna et, cela va de soi, non seulement elle ignorait l'adresse de Tchitchikov mais aussi la sienne propre.

IX

Alors, tous furent saisis de désespoir. L'affaire s'était si bien embrouillée que le diable lui-même n'y aurait trouvé aucun goût. L'affermage de l'entreprise inexistante s'était mêlé à la sciure de bois ; les dentelles de Malines, à l'électrification ; l'achat de Korobotchka, aux diamants. Nozdriov avait trempé dans l'affaire. Le sympathisant Émilien Gobe-mouches et le sans-parti Antochka-le-Voleur y étaient impliqués. On avait découvert une sorte de scandale de Panama avec les rations de Sobakiévitch. Et ce fut le branle-bas général !

Samosvistov travaillait d'arrache-pied et il ajouta encore à la sauce l'affaire de la tournée des coffres et celle des feuilles de frais de déplacement falsifiées (rien que dans la dernière, jusqu'à 50 000 personnes se trouvèrent compromises) etc., etc. En un mot, ce fut le début de diable sait quoi. Ceux au nez et à la barbe de qui les milliards avaient été délivrés et ceux qui devaient les retrouver se démenaient, épouvantés. On n'avait devant les yeux qu'un seul fait irréfutable :

« Les milliards avaient existé. Les milliards avaient disparu. »

À la fin, un certain Père Mitiaï se leva et dit :

« Vous savez, les amis... C'est clair, nous ne pourrons pas éviter de désigner une Commission d'enquête. »

X

Et sur ces entrefaites (que ne voit-on pas en songe), comme quelque dieu dans une machine, j'émergeai et je m'écriai :

« Confiez-moi cette affaire ! »

On s'étonna :

« Et vous... euh... vous serez capable ? »

Moi :

« Soyez tranquilles ! »

On hésita un instant. Puis, à l'encre rouge :

« Accordé. »

C'est là que j'entrai en action (de ma vie, je n'ai fait de rêve plus agréable).

De tous côtés, 35 000 motocyclistes, à toute allure, arrivent vers moi :

« Y a-t-il quelque chose pour votre service ? »

Je leur réponds :

« Je n'ai besoin de rien. N'interrompez pas vos occupations. Je me débrouillerai tout seul. En personne. »

J'emplis ma poitrine d'air et je rugis, si fort que les carreaux tremblèrent :

« Qu'on m'amène Liapkine-Tiapkine ! D'urgence ! Par téléphone !

— Alors, c'est pas possible. Le téléphone est cassé.

— Ah ! Ah ! Cassé ? Le fil s'est rompu ? Eh bien ! pour qu'il ne se balance pas inutilement, qu'on y pende celui qui m'en informe ! »

Mes aïeux ! Ce fut une de ces paniques !

« Pitié, mon bon monsieur... vous n'y pensez pas !... Tout de... Hi ! Hi !... tout de suite... Holà ! Des monteurs ! Les lignes ! Qu'on les répare immédiatement ! »

En moins de deux, les lignes furent réparées et on amena Liapkine-Tiapkine.

Et je continuai à leur secouer les puces :

« Tiapkine ? Misérable ! Liapkine ? Qu'on embarque ce coquin ! Qu'on m'apporte les listes ! Comment ? Elles ne sont pas prêtes ? Qu'elles soient achevées dans cinq minutes, sinon vous allez vous-même vous retrouver dans la liste des défunts. Qui donc ? La femme de Manilov, secrétaire à l'enregistrement ? À la porte ! Oulinka Bétrichtchéva, dactylo ? À la porte ! Sobakiévitch ? Qu'on l'embarque ! Vous avez dans votre service ce gredin de Mourzofeïkine ? Cette crapule d'Outiéchitielny ? Qu'on les embarque ! ! Et celui qui les a nommés aussi ! Et celui-là ! Et cet autre ! Fétinia dehors ! Le poète Triapitchkine, Sélifane et Pétrouchka, au bureau de contrôle ! Nozdriov, au trou ! À la minute ! À la seconde ! ! Qui a signé le bordereau ? Qu'on m'amène cette canaille, qu'on remue ciel et terre pour le retrouver ! »

Le tonnerre éclata dans la fournaise.

« C'est le diable qui nous est tombé dessus ! Où donc ont-ils été le dénicher ? »

Et moi :

« Qu'on m'amène ici Tchitchikov !

— Ça... ça est pas possible de le dégoter... Monsieur s'a caché...

— Ah ! Il s'a caché ? Magnifique ! Eh bien ! vous irez en prison à sa place.

— Pit...

— Silence ! !

— Dans une minute... dans... Attendez une toute petite seconde. On le cherche. »

Et en deux temps, trois mouvements, on le trouva.

C'est en vain que Tchitchikov se traîna à mes pieds, s'arracha les cheveux, déchira sa vareuse et m'assura que sa mère était affligée d'une incapacité de travail absolue.

« Ta mère ? — grondai-je — ta mère ?... Où sont les milliards ? Qu'as-tu fait de l'argent du peuple ? Voleur ! ! ! Qu'on lui ouvre le ventre, le misérable ! Il a les diamants dans le ventre ! »

On lui ouvre le ventre. Ils sont là.

« Tous ?

— Tous.

— Une pierre au cou, un trou dans la glace, et à la rivière ! »

Et tout s'apaisa. Tout rentra dans l'ordre.

Je téléphone :

« C'est en ordre. »

On me répond :

« Merci. Demandez ce que vous voulez. »

Je fis un bond devant l'appareil. Et je faillis déverser dans le microphone le flot des projets de dépenses qui depuis longtemps me tourmentaient.

« Un pantalon... Une livre de sucre... une ampoule de 25 bougies... »

Mais, soudain, je me rappelai qu'un écrivain comme il faut devait être désintéressé ; je me rembrunis et marmonnai dans l'appareil :

« Rien, excepté les œuvres reliées de Gogol, lesquelles œuvres ont été récemment vendues par moi au marché aux puces. »

Et... crac ! J'ai Gogol sur ma table, avec sa tranche dorée.

Nicolas Vassiliévitch, qui plus d'une fois m'avait réconforté lors de tristes nuits d'insomnie, me réjouit tant le cœur que je hurlai :

« Hourra !... »

Et...

ÉPILOGUE

... Bien sûr, je me réveillai. Et plus rien : plus de Tchitchikov, plus de Nozdriov et, surtout, plus de Gogol...

« Hé ! Hé ! » pensai-je en moi-même, et je m'habillai. Et de nouveau la vie se mit à parader devant moi, dans sa monotonie quotidienne.

Table

Le Livre de Poche Biblio

Extrait du catalogue

Sherwood Anderson. *Pauvre Blanc.* 3078
« Je m'en vais, je m'en vais pour être un homme parmi les hommes. »

Guillaume Apollinaire. *L'Hérésiarque et Cie.* 3100
« Ici l'hérésiarque s'arrêta, ému, versa du vin dans nos deux verres et but, d'un air triste... »

Miguel Angel Asturias. *Le Pape vert.* 3064
« Le costume des hommes libres, voilà le seul que je puisse porter. »

Adolfo Bioy Casares.
Journal de la guerre au cochon. 3074
« "Ce n'est pas pour rien que les Esquimaux ou les Lapons emmènent leurs vieux en pleine neige pour qu'ils y meurent de froid", dit Arévalo. »

Karen Blixen. *Sept contes gothiques (nouvelles).* 3020
« Car en vérité, rêver c'est le suicide que se permettent les gens bien élevés. »

Mikhaïl Boulgakov. *La Garde blanche.* 3063
« Oh ! Seul celui qui a déjà été vaincu sait ce que signifie ce mot. »

Mikhaïl Boulgakov. *Le Maître et Marguerite.* 3062
« Et quelle est votre spécialité ? s'enquit Berlioz.
— La magie noire. »

Mikhaïl Boulgakov. *J'ai tué.* 3108
« De fait, les événements s'étaient littéralement engouffrés dans mon appartement. »

André Breton. *Anthologie de l'humour noir.* 3043
Allais, Crevel, Dali, Jarry, Kafka, Poe, Sade, Swift et beaucoup d'autres.

Erskine Caldwell.
Les braves gens du Tennessee. 3080
« Espèce de trousseur de négresses ! Espèce d'obsédé imbécile !... Un baiseur de négresses ! C'est répugnant, c'est... »

Italo Calvino. *Le Vicomte pourfendu.* 3004
« ... mon oncle ouvrait son unique œil, sa demi-bouche, dilatait sa narine... Il était vivant et pourfendu. »

Elias Canetti. *Histoire d'une jeunesse :*
La langue sauvée. 3044
« Il est vrai qu'à l'instar du premier homme, je ne naquis qu'après avoir été chassé du paradis. »

Elias Canetti. *Histoire d'une vie :*
Le flambeau dans l'oreille. 3056
« Je m'incline devant le souvenir... et je ne cache pas les craintes que m'inspirent ceux qui osent le soumettre à des opérations chirurgicales. »

Elias Canetti. *Les Voix de Marrakech.* 3073
« Trois fois je me suis trouvé en contact avec des chameaux et, chaque fois, cela s'est terminé de façon tragique. »

Blaise Cendrars. *Rhum.* 3022
« Je dédie cette vie aventureuse de Jean Galmot aux jeunes gens d'aujourd'hui fatigués de la littérature. »

Jacques Chardonne.
Les Destinées sentimentales. 3039
« Il y a en France une grande variété de bourgeois ; j'ai choisi les meilleurs ; justement je suis né chez eux. »

Jacques Chardonne.
L'amour c'est beaucoup plus que l'amour. 3040
« J'ai choisi, dans mes livres, des phrases qui ont l'air d'une pensée... »

Joseph Conrad et Ford Madox Ford.
L'Aventure. 3017
« Partir à la recherche du Roman... c'est un peu comme essayer d'attraper l'horizon. »

René Crevel. *La Mort difficile.* 3085
« Pierre s'en fout. Pierre est libre. Sa liberté, à lui, sa liberté s'appelle la mort. »

Iouri Dombrovski. *La Faculté de l'inutile.* 3034
« Que savez-vous de notre vérité ? »

Lawrence Durrell. *Cefalù.* 3037
« ... la signification profonde de toute sa vie allait peut-être se dégager de cette épouvantable aventure. Mais laquelle ? »

Friedrich Dürrenmatt. *La Panne.* 3075
« Curieux et intrigué, Traps s'enquit du crime dont il aurait à répondre. "Aucune importance !... Un crime on en a toujours un !" »

Jean Giono. *Mort d'un personnage.* 3084
« Elle est si près de la mort maintenant qu'elle doit déjà entendre les bruits de l'autre côté. »

Jean Giono. *Le Serpent d'étoiles.* 3082
« On aura trouvé, dans les pages précédentes, l'obsession de l'eau et de la mer : cela vient de ce qu'un troupeau est une chose liquide et marine. »

Henry James. *Roderick Hudson.* 3053
« On nous dit que le vrai bonheur consiste à sortir de soi-même ; mais il ne suffit pas d'en sortir ; il faut rester dehors. »

Henry James. *La Coupe d'or.* 3067
« "Ma Coupe d'Or", prononça-t-il... Il laissa cette pièce remarquable, car certainement elle était *remarquable*, produire son sûr effet. »

Henry James. *Le Tour d'écrou.* 3086
« ... et puis ce fut sa face pâle de damné qui s'offrit à ma vue,

collée à la vitre et dardant sur l'intérieur de la chambre ses prunelles hagardes. »

Ernst Jünger. *Jardins et routes. Journal I (1939-1940).* 3006

« ... dans la littérature, le journal est le meilleur médium. Dans l'État totalitaire, il reste le seul mode de discussion possible. »

Ernst Jünger. *Premier journal parisien, Journal II (1941-1943).* 3041

« Tandis que le crime se répandait sur la terre comme une peste, je ne cessais de m'abîmer dans le mystère des fleurs ! Ah ! plus que jamais, gloire à leurs corolles... »

Ernst Jünger. *Second journal parisien, Journal III (1943-1945).* 3042

« 1944 — Pendant la nuit, raids aériens et violentes canonnades... Terminé *Passe-temps* de Léautaud. »

Ernst Jünger. *La Cabane dans la vigne, Journal IV (1945-1948).* 3097

« Toujours fiévreux, mais des descriptions du climat des Tropiques m'ont remonté. »

Ismaïl Kadaré. *Avril brisé.* 3035

« "Oui, maintenant... nous sommes bien entrés dans le royaume de la mort", dit Bessian. »

Ismaïl Kadaré. *Qui a ramené Doruntine ?* 3089

« ... Finalement, toute cette histoire n'a de sens que si quelqu'un est sorti de sa tombe. »

Franz Kafka. *Journal.* 3001

« Il faut qu'une ligne au moins soit braquée chaque jour sur moi comme on braque aujourd'hui un télescope sur les comètes. »

Yasunari Kawabata. *Les Belles endormies.* 3008

« Sans doute pouvait-on appeler cela un club secret... »

Yasunari Kawabata. *Pays de neige.* 3015
«... ce blanc qui habitait les profondeurs du miroir, c'était la neige, au cœur de laquelle se piquait le carmin brillant des joues de la jeune femme.»

Yasunari Kawabata. *La Danseuse d'Izu.* 3023
«Peut-être un jour l'homme fera-t-il marche arrière sur le chemin qu'il a parcouru.»

Yasunari Kawabata. *Le Lac.* 3060
«Plus repoussante était la femme et mieux elle lui permettait d'évoquer le doux visage de Machié.»

Yasunari Kawabata. *Kyoto.* 3081
«Et puis, cette jeune montagnarde disait qu'elles étaient jumelles... Sur son front, perla une sueur froide.»

Yasunari Kawabata.
Le Grondement de la montagne. 3071
«J'ai des ennuis avec mes oreilles ces temps-ci. Voici peu, j'étais allé prendre le frais la nuit sur le seuil de la porte, et j'ai entendu un bruit, comme si la montagne grondait.»

Andrzeij Kusniewicz. *L'État d'apesanteur.* 3028
«Cela commença le 31 janvier vers six heures et demie du matin... par une brusque explosion... Je restais en suspens... dans une sorte d'apesanteur psychique, proche par moments de l'euphorie.»

Pär Lagerkvist. *Barabbas.* 3072
«Que faisait-il sur le Golgotha, lui qui avait été libéré?»

D.H. Lawrence. *L'Amazone fugitive.* 3027
«La vie n'est supportable que si l'esprit et le corps sont en harmonie... et que chacun des deux a pour l'autre un respect naturel.»

D.H. Lawrence. *Le Serpent à plumes.* 3047
«Les dieux meurent en même temps que les hommes qui les ont créés, mais la divinité gronde toujours, ainsi que la mer...»

Sinclair Lewis. *Babbitt.* 3038
« ... il avait, en ce mois d'avril 1920, quarante-six ans et ne faisait rien de spécial, ni du beurre, ni des chaussures, ni des vers... »

Carson McCullers.
Le cœur est un chasseur solitaire. 3025
« Il se sentait le cœur malade d'un amour irrité, inquiet. »

Carson McCullers. *Reflets dans un œil d'or.* 3054
« Il y a un fort, dans le Sud, où il y a quelques années un meurtre fut commis. »

Carson McCullers. *La Ballade du café triste.* 3055
« La ville même est désolée... C'est ici pourtant, dans cette ville, qu'on trouvait autrefois un café. »

Carson McCullers. *L'Horloge sans aiguilles.* 3065
« Lui, qui n'avait jamais fait un mauvais placement, avait investi dans l'éternité. »

Thomas Mann. *Le Docteur Faustus.* 3021
« Je n'ai aimé aucun de mes personnages autant que celui-ci. »

Henry Miller. *Un diable au paradis.* 3016
« ... un incurable dandy menant la vie d'un clochard. »

Henry Miller. *Le Colosse de Maroussi.* 3029
« Debout dans le tombeau d'Agamemnon, j'ai vraiment passé par une seconde naissance. »

Henry Miller. *Max et les phagocytes.* 3076
« Il y a des gens qu'on appelle tout de suite par leur petit nom. Max est de cette espèce. »

Vladimir Nabokov. *Ada ou l'ardeur.* 3036
« ... chronique familiale, quatre-vingt-dix-sept pour cent de vérité, trois pour cent de vraisemblance. »

Anaïs Nin. *Journal 1 (1931-1934).* 3083
« Le journal est mon kif, mon haschich, ma pipe d'opium, ma drogue et mon vice. »

Anaïs Nin. *Journal 2 (1934-1939).* 3095
« Je regarde donc couler la Seine mais la folie continue. J'entends crier : "De La Rocque au poteau !" »

Joyce Carol Oates. *Le Pays des merveilles.* 3070
« ... et il reprenait une vie normale. Il reprenait son déguisement de jeune homme normal. »

Edna O'Brien. *Un cœur fanatique.* 3092
« Mon père était généreux, absurde et si paresseux qu'il ne pouvait s'agir que d'un genre de maladie. »

Edna O'Brien. *Une rose dans le cœur.* 3093
« Pour Mme Reinhart, tout commença d'aller mieux dès le moment où elle devint somnambule. »

Liam O'Flaherty. *Famine.* 3026
« "... Je ne suis pas encore affamée au point d'aller mendier de la soupe aux protestants !" s'exclama Sally ».

Mervyn Peake. *Titus d'Enfer.* 3096
« La bouffe, dit Lenflure, est une chose chéleste, et la boichon une chose enchanterèche. L'une donne des fleurs de flatulenche, et l'autre des bourgeons de gaz vomichants. »

Leo Perutz. *La Neige de saint Pierre.* 3107
« Lorsque la nuit me libéra, j'étais une chose sans nom... »

Augusto Roa Bastos. *Moi, le Suprême.* 3048
« Moi, Dictateur Suprême de la République, j'ordonne... »

Raymond Roussel. *Impressions d'Afrique.* 3010
« Vers quatre heures, ce 25 juin, tout semblait prêt pour le sacre de Talou VII, empereur du Ponukélé, roi du Drelchkaff... »

Arthur Schnitzler. *Vienne au crépuscule.* 3079
« J'admire en général tous les gens qui sont capables de risquer autant pour une cause qui, au fond, ne les concerne pas. »

Les Œufs fatidiques, diablerie et autres récits

La littérature et le mal sont inséparables, affirmait Georges Bataille. On ne fait pas de bonne littérature avec de bons sentiments, remarquait déjà André Gide. Mikhaïl Boulgakov n'a rien à craindre : ses livres entretiennent une relation intime avec l'enfer. Satan et le mal sont ses figures de prédilection, on le savait depuis *Le Maître et Marguerite.* Le diable, cette fois, laisse sa place à ses œuvres dans les quatre récits qui composent *Les Œufs fatidiques.*

L'une des nouvelles du recueil, au titre significatif de « Diablerie », évoque un paisible rond-de-cuir, soudain congédié, qui se lance dans une course effrénée pour retrouver le supérieur qui l'a si injustement renvoyé. Très vite, l'histoire, tel un mauvais rêve, s'accélère, les épisodes se succèdent, la machine s'emballe et tout se dérègle. On assiste aux pires débordements : le patron se transforme en chat noir, en coq blanc, un employé se déplie d'un tiroir, un autre grandit démesurément, trente machines à écrire se livrent au plus extravagant des fox-trot ! On est en plein délire, en plein effroi, en plein cauchemar. Illuminations, anamorphoses, métamorphoses, regard phosphorescent, odeur de soufre, poursuites, apparitions, escamotages, dédoublement, proliférations, enchaînements dans les rues, les escaliers, fracas, coups de feu… Le monde de Boulgakov s'affole et nous affole. Un monde fantastique, baroque ? C'est peu dire ! Le burlesque, l'indicible et le maléfique triomphent encore, dans la plus extravagante et savoureuse des rondes nocturnes et dans des égarements paranoïaques.

Même atmosphère d'apocalypse dans « La Commune ouvrière ». Cette fois, il est question d'un incendie qui se transforme en un véritable « enfer ». Le démon du feu, comme « *une bête orange brûlante,* » s'empare d'une maison et la dévore. Tchichikov, le héros de la nouvelle suivante, est une sorte d'escroc surdoué dont l'ascension vertigineuse révèle son essence quasi satanique. D'où vient-il ? Boulgakov lève un coin de voile quand il avoue dans son prologue : « *Il m'a semblé voir ce plaisantin de Satan ouvrir les portes du royaume des ombres.* »

La plus longue des quatre nouvelles, « Les œufs fatidiques, » est aussi la plus hallucinante. Boulgakov y raconte une épouvantable catastrophe survenue à Moscou en 1928. Un éminent zoologiste, sorte de professeur Nimbus, puéril, attendrissant et distrait, fait une découverte sensationnelle : grâce à l'effet d'un rayon rouge, il provoque en accéléré la multiplication d'organismes vivants en les faisant s'agrandir démesurément. Ainsi, de minuscules et inoffensifs têtards deviennent-ils d'énormes grenouilles haineuses et voraces. (On ne peut s'empêcher de penser au savant de *Cœur de chien* pour qui la science apporte également le malheur.) Spectaculaire et inquiétante découverte, certes, mais contrôlée dans le secret d'un laboratoire, jusqu'au moment « fatidique » où intervient le destin sous les traits du

(Suite au verso.)

professeur Rokk (le mot « rok », en russe, correspond au *fatum* latin). L'affaire s'étant ébruitée, Rokk veut utiliser le mystérieux rayon rouge avec des appareils plus puissants sur des œufs de poules qu'on doit lui expédier en caisses, afin de repeupler les basses-cours décimées par une épidémie. Malentendu, étiquettes échangées, marche inexorable du fameux destin ? Ces caisses contenaient des œufs de reptiles : anacondas, crocodiles et autres charmantes bestioles ! A vous faire dresser les cheveux sur la tête d'horreur et de répulsion. Ames sensibles s'abstenir !

Chez Boulgakov, répétons-le, la littérature est source d'angoisse et l'angoisse est toujours liée, de près ou de loin, à quelque chose qui tourne mal. D'abord le bon sens est remplacé par le non-sens, puis la raison vacille, les normes basculent dans l'irrationnel et la réalité se dérobe, se laisse entraîner inévitablement en un mouvement irréversible, dans une fuite en avant, une course sans fin.

Boulgakov est-il atteint d'une inquiétude dévorante ? Ressent-il comme Kafka la culpabilité d'écrire ? Etre écrivain, pour lui, est-ce déjà instaurer un pacte avec le diable, se découvrir des liens secrets avec le péché ? Boulgakov, toujours, est amené à dégager les points de rupture entre sa conscience et le monde. Fragile frontière qui peut conduire au délire.

Soumis à un destin tragique et dérisoire, Boulgakov, comme ses personnages, connaîtra bien des déboires. La peur, « *le pire vice de l'âme* », ne risque pas de le guetter, car il ne se prive jamais de critiquer, de dénoncer, de donner une description féroce de son pays et du monde bureaucratique. Si ses quatre contes philosophiques ont pu être publiés, d'ailleurs presque en même temps que *La Garde blanche* et *Cœur de chien,* c'est bien parce que, entre 1921 et 1928, la Russie soviétique connut un bref retour au libéralisme et une extraordinaire renaissance littéraire dont Boulgakov, quoique toujours en marge des courants, profita largement. Ensuite, il devint un écrivain à la production littéraire étroitement surveillée, bientôt interdite. Il n'a jamais su qu'en 1925, précisément au moment de l'édition de ses quatre nouvelles, Maxime Gorki écrivait de lui à Romain Rolland : « *Il est de ceux qui entreront dans l'histoire de la littérature.* »

Auteur maudit, ignoré, oublié, devenu complètement aveugle, il meurt à Moscou en 1940. Ses compatriotes le croyaient disparu depuis des années.

Nicole Chardaire

Inhalt

(Fortsetzung siehe nächste Seite)

Autoren: Eduard Spielbauer, Ulrich Winkler